XUN präsentiert

als Band 8

A. T. Legrand

AF287439

Crystal
geboren aus Dunkel & Licht

2.
Kreuzfahrt des Schreckens

Horror-Roman

Freie Redaktion XUN

Postfach 3717 - 74027 Heilbronn
Juli 2010/Februar 2012 / August 2019
© dieser Ausgabe bei FRX
Alle Veröffentlichungsrechte liege bei
der Freien Redaktion XUN

Titelbild: Stefan Böttcher
Titelgestaltung: Stefan Böttcher
Zwischentextgrafiken: Torsten Zentgraf
Lektorat: Tamara Fuchs

Redaktion: Bernd Walter
www.fantastischegeschichten.de
www.freie-redaktion-xun.de
E-Mail: Webmaster@fantastischegeschichten.de

Auch als Taschenbuch erhältlich:
Umschlagg, Druck und Vertrieb:
BoD-Verlag Norderstedt

Was bisher geschah:

Die junge Engländerin Crystal Blair wurde aus noch immer nicht ganz geklärten Gründen von finsteren Mächten entführt und auf dem düsteren Landsitz Cadwrigham House gefangen gehalten. Ein magischer Bann hielt sie umfangen, dem sie nichts entgegenzusetzen hatte. Gequält von Alpträumen, in denen sie ihre Entführung und den gewaltsamen Tod ihrer Mutter immer und immer wieder erlebte, dämmerte sie in einem Zustand zwischen Wachsein und Schlaf dahin.

Da erlangte sie urplötzlich einen geistigen Kontakt mit dem Bewusstsein eines jungen Mannes. Michael Fux war in die Fänge des düsteren Earls of Cadwrigham geraten, dem Besitzer des Landsitzes. Dieser Earl war eine Kreatur des Bösen. Ein Vampir, der sich an der Todesangst seiner Opfer ergötzte, ehe er ihnen das Blut aussaugte und den kläglichen Rest seiner Horde von schwarzen Bestien zum Fraß vorwarf.

Crystal, durch den unverhofften Kontakt aus der magisch auferlegten Lethargie gerissen, gelang es ihren Bann abzuwerfen, um Michael zu Hilfe zu eilen. Gemeinsam konnten sie aus Cadwrigham House fliehen.

Auf ihrer Flucht gerieten sie jedoch vom Regen in die Traufe, denn ein schmieriger Friedhofsgärtner, der ihnen scheinheilig Hilfe anbot, entpuppte sich als grauenhafter Ghoul, ein widerlicher Leichenfresser. Doch auch aus dieser Konfrontation kamen die beiden Schicksalsgefährten ungeschoren davon und setzten ihre Flucht nach London fort.

Dort studierten Crystal und Michael einige Unterlagen, die Crystal aus Cadwrigham House mitgenommen hatte, da ihr Name darauf vermerkt war. Überraschenderweise enthielten die Unterlagen einen Brief von Crystals unbekanntem Vater. Nicht nur das: Crystal bekam außerdem die Verfügung über ein stattliches Vermögen und das Blair House, einem Anwesen welches, laut Crystals Vater, sichere Unterkunft gegen die Horden des Bösen bieten sollte.

Die Engländerin und der junge Deutsche beschlossen Blair

House schnellstmöglich aufzusuchen. Zu ihrem großen Entsetzen lauerte ihnen dort ein ganzes Rudel geifernder Wolfsbestien auf, die von einer finsteren Gestalt auf die beiden gehetzt wurden. Wäre nicht in letzter Sekunde Hilfe in Form von Rolfhardt Ethelbert Ronan von Schressen, einem weißen Vampir, aufgetaucht, es hätte schlecht für die beiden jungen Leute ausgesehen.

Zu dritt schafften sie die Flucht auf das sichere Gelände von Blair House, und als sich die Eingangstüre hinter ihnen schloss, wähnten sie sich in Ruhe und Sicherheit. Noch ahnen sie nicht, dass es mit der Ruhe rasch wieder vorbei sein würde...

Mit einem satten Seufzer fiel die schwere Eichenholztür hinter Crystal, Michael und Rolfhardt ins Schloss. Sie waren im Inneren von Blair House!

Schlagartig war das geifernde Jaulen und Kreischen der finsteren Blutbestien, die ihnen vor Blair House auflauerten, verstummt. Erleichterung machte sich breit und die Anspannung der letzten Stunden und Tage fiel mit derartiger Wucht von Michael und Crystal ab, dass ihre Beine sich schlagartig in Pudding zu verwandeln schienen. Seufzend sank Crystal Blair in der Dunkelheit zu Boden, was auch Michael Fux passiert wäre, wenn nicht Rolfhardt Ethelbert Ronan von Schressen hinter im gestanden hätte, der ihn fürsorglich mit seinen Armen auffing. Michael wollte dagegen aufbegehren, denn schließlich war von Schressen ein Vampir, und alles in Michael sträubte sich dagegen, einen Vampir als Freund und Verbündeten zu betrachten. Schließlich war es noch nicht lange her, dass ein anderer Untoter ihm in Gestalt des finsteren Earl of

Cadwrigham nach dem Leben trachtete. Und doch hatte ihm gerade dieser langmähnige, zudem noch verdammt gut aussehende Vampir von Schressen vor wenigen Minuten unzweifelhaft das Leben gerettet. Der Mann bezeichnete sich zudem als Freund von Crystals Vater. Einen Beweis blieb er zwar schuldig, doch die junge Engländerin schien ihm diese Behauptung abzunehmen, etwas, wofür Fux nur wenig Verständnis aufbringen konnte. Doch der Deutsche wusste auch, dass seine neue Freundin auch über einige seltsame Fähigkeiten verfügte. Irgendwie schien sie zu wissen, oder zumindest zu ahnen, das von Schressens Worte der Wahrheit entsprachen. Letztendlich war sie es gewesen, die es ermöglicht hatte, dass der Vampir den Grund und das Haus des Anwesens betreten konnte, indem sie ihn förmlich dazu eingeladen hatte. All das schoss dem Versicherungsmakler durch den Kopf, während er in einem Anflug von Schwäche von dem Vampir auf den Beinen gehalten wurde.

„Jetzt liegst du ja schon wieder in meinen Armen, mein Hübscher", säuselte Rolfhardt Ethelbert Ronan von Schressen in diesem Moment mit gespielter Überraschung in süßlichen Worten. Michael Fux hätte sämtliche Eide geschworen, dass er dabei über das gesamte, hübsche und männlich-anziehende Gesicht grinste, was man im Dunkeln natürlich nicht sehen konnte.

„Das gefällt wir wohl, was?"

„Das könnte dir so passen!", gab Michael zur Antwort und versuchte dabei, ärgerlich zu klingen. Allerdings gelang ihm das nicht sehr überzeugend, denn der Schrecken des eben Erlebten war noch zu gegenwärtig.

„Und überhaupt...wenn du angeblich ein Freund von Crystals Vater bist, wie du behauptet hast, warum musste sie dich dann erst in dieses Haus bitten?", sprach er dann nach einem kurzen, schweigsamen Moment seine weiterhin misstrauischen Gedankengänge dem Vampir gegenüber laut aus.

Immerhin weckte dieses kleine Geplänkel seine Lebensgeister, und so rappelte er sich auf und befreite sich aus der fürsorglichen Umarmung des weißen Vampirs und starrte ihn aus zusammengekniffenen Augen heraus misstrauisch an, wobei es ihm schwer fiel, im Dunkeln die Gesichtszüge von Schressens zu erkennen.

„Niemand durfte dieses Haus betreten, außer Crystals Vater und einer Hand voll Getreuen, die ich jedoch nicht kenne", rechtfertigte sich der blondgelockte Mann. „Alles war geheim, und niemand durfte etwas über das Innere des Hauses erfahren. Genügt das fürs Erste?"

„Kann sein, kann aber auch nicht sein", antwortete der aus Deutschland stammende, ehemalige Versicherungsmakler ausweichend. „Crystal, was sagst du denn da dazu?"

Als Michael Fux keine Antwort auf seine Frage von seiner neu gewonnenen Freundin in der Not erhielt, wandte er sich um, konnte jedoch nicht gleich sehen, wo sich die schlanke Engländerin befand. Diese hatte sich, unbemerkt von den beiden mit sich beschäftigen Männern, offenbar weiter ins dunkle Blair House hinein begeben.

„Crystal?", rief er deshalb besorgt und versuchte, in der Dunkelheit seine Freundin zu entdecken.

Einige Meter von sich entfernt, gewahrte er einen Umriss auf dem Boden der Eingangshalle. Schnell überbrückte er die kurze Distanz. Von Schressen folgte ihm dichtauf, sehr zum Leidwesen des Deutschen, der sich in der Nähe des Mannes weiterhin ein wenig unbehaglich fühlte.

Crystal saß auf dem glatten Steinboden und hielt ihre angezogenen Beine mit den Armen umschlungen. Ihre Stirn lag auf ihren Knien, die Augen hielt sie geschlossen.

„Geht es dir gut?", fragte Michael leise, nachdem er neben ihr in die Hocke gegangen war.

Er konnte erkennen, dass der dunkle Schemen, der Crystal war, den Kopf hob und nickte.

„Ich bin in Ordnung, Michael", antwortete Crystal ebenso leise, fast flüsternd.

„Es ist nur...", fuhr sie stockend fort, „...es ist nur auf einmal alles anders. Die ganze Atmosphäre der Bedrohung ist weg, seit wir das Haus betreten haben. Zum ersten Mal, seit wir aus Cadwrigham House entkommen konnten, fühle ich mich sicher. Dieses Gefühl der Erleichterung ist...ist geradezu überwältigend! Endlich wieder befreit durchatmen!"

„Ja", antwortete Michael einsilbig und legte ihr

freundschaftlich seine Hand auf den Arm. „Ich weiß genau, was du meinst", fuhr er fort. „Mir geht es genau so. Ich habe sogar richtig weiche Knie bekommen. Und das hat unser neuer Freund gleich weidlich ausgenutzt!"
Er machte eine Kopfbewegung, die nach hinten in Richtung von Schressens deutete. Von da her drang ein leises, amüsiertes Kichern durch die Dunkelheit zu ihnen heran.
„Vielleicht sollten wir uns mal auf die Suche nach dem Lichtschalter machen", schlug der ehemalige Versicherungsmakler dann vor und erhob sich wieder.
„Oh warte, es nicht nötig zu suchen", hielt Crystal ihn zurück. „Licht!", rief sie sodann laut und deutlich in die Dunkelheit des sie umgebenden Raumes hinein.
Nahezu übergangslos flammten Wand- und Deckenfluter auf und tauchten die Umgebung in warme, angenehm indirekte Helligkeit.
„Wie...?", entfuhr es Michael halb erstaunt, halb erschrocken, und er starrte verblüfft auf die Freundin herab. Crystal zuckte nur lapidar mit ihren Schultern.
„Frag nicht!", sagte sie, und man merkte ihr ihre eigene Überraschung deutlich an. „Irgendwie wusste ich es einfach, dass es so geht."
Der Deutsche schüttelte leicht ungläubig seinen Kopf. Seine neue Freundin schaffte es immer wieder, ihn erneut zu verblüffen. Erst die Sache mit der Gedankenverbindung in Cadwrigham House, dann die seltsame Fähigkeit, verschlossene Türen zu öffnen, schließlich noch die Möglichkeit, ihre Haarfarbe zu verändern, nur weil sie es sich wünschte, und jetzt dies. Er fragte sich, welche Überraschungen in dieser Beziehung wohl noch auf ihn warteten. Doch dann zuckte er ebenfalls mit den Schultern und schaute sich anschließend neugierig um.
Zu dritt betrachteten Sie nun staunend ihre neue Umgebung. Die Eingangshalle von Blair House war riesig, was kein Wunder war, angesichts der äußeren Dimensionen des Bauwerkes. Michael schätzte die Entfernung von der Eingangstür zur gegenüberliegenden Wand auf gut und gerne zwanzig Meter. Die Stirnwand der trapezförmig geschnittenen Halle mochte etwa fünfzehn Meter in der Breite messen, während sich die Decke in

7

einer geschätzten Höhe von drei Metern befand. Hallenwände und Holzdecke waren mit hellem, warmem Buchenholz getäfelt. Wandfluter wechselten sich an den Wänden ringsumher mit geschmackvollen Bildern verschiedenster Stilepochen ab. Das Licht von oben lieferten moderne Halogendeckenfluter. An den schräg zur Eingangstür hin verlaufenden Seitenwänden standen jeweils zwei größere Sideboards, ebenfalls aus hellem Holz. Zudem führten von hier aus auch Eingänge in weitere Bereiche des Hauses. In der Stirnwand fand sich ein drittes Portal in die noch unbekannten Tiefen von Blair House. Außerdem hatte man dort in jede Ecke jeweils eine lebensgroße Statue auf metergroßen, wuchtig-weißen Marmorquadern platziert.

„Bombastisch!", entfuhr es Michael, der ihre Umgebung mit offenem Mund gemustert hatte.

„Ja, nicht schlecht, was?", ließ sich von Schressen vernehmen. „Erinnert ein bisschen an die Wiener Monumental-Architektur aus vergangenen Jahrhunderten. Crystals Vater war von jeher kein Tiefstapler. Aber mit Blair House hat er sein Meisterstück abgeliefert!"

„Sie wussten wirklich nicht, was Sie hier drinnen erwartete?", fragte Michael den Mann in dem antiquiert wirkenden Rüschenhemd, immer noch mit Misstrauen gegen den Vampir behaftet.

„In der Tat, ich erwähnte ja bereits, dass ich Blair House bisher nur von außen kannte", antwortete der blondgelockte, jugendlich erscheinende Mann dem Deutschen mit einem entwaffnenden Lächeln und, wie es schien, unendlicher Geduld und Nachsicht mit dem misstrauischen jungen Mann.

„Rachmon vermied alles, was die Aufmerksamkeit der dunklen Horden auf diesen Ort hier gerichtet hätte. Selbst er weilte nur ein einziges Mal hier, als das Haus fertiggestellt war. Er kontrollierte alles auf seine richtige Ausführung, dann zog er sich in sein Versteck zurück und überließ alles weitere seinen mir nicht bekannten Vertrauten." Letzteres sagte er mit besonderer Betonung und einem eindringlichen Blick an Michaels Adresse.

„Rachmon?"

Crystal hatte sich vom Boden erhoben und war zu den beiden Männern getreten und hatte ihre Unterhaltung mitverfolgt. Nun heftete sie den Blick ihrer intensiv grünen Augen auf den österreichischen Vampir. Dieser schien selbst sehr überrascht davon zu sein, dass ihm der Name von Crystals unbekanntem Vater über die Lippen gekommen war.

„Rachmon...", wiederholte er langsam und betont, so, als wolle er überprüfen, ob ihn nicht sofort beim Gebrauch dieses Namens der Schlag treffen würde. Dieses war zu seiner Erleichterung offensichtlich nicht der Fall, und so atmete er entspannt auf.

„Der Name deines Vaters, Crystal", antwortete von Schressen mit sanfter Stimme der jungen, schlanken Engländerin.

„Ein merkwürdiger Name", meinte Crystal und setzte eine nachdenkliche Miene auf. „Er lässt irgendetwas tief in mir anklingen...wenn ich nur wüsste..." Sie straffte sich und versuchte ein zaghaftes Lächeln.

„Na, wenigstens weiß ich jetzt, was es mit dem verschnörkelten ‚R' in dem Siegel des Umschlags aus Cadwrigham House auf sich hatte."

„Kannst du uns mehr über Crystals Vater erzählen?", wollte Michael von dem weißen Vampir wissen.

Dieser schüttelte jedoch bedächtig seinen Kopf.

„Jetzt ist noch nicht der richtige Zeitpunkt", antwortete er ausweichend. „Rachmon hat dafür Sorge getragen, dass ich im Moment keinerlei Information über ihn Preis geben kann. Selbst wenn ich es wollte, ich könnte nichts sagen, ohne mir selbst Schaden zuzufügen. Crystals Vater will diesen Zeitpunkt selbst bestimmen. Zuerst solltet ihr mehr über die Natur der Dinge erfahren, damit ihr auch die Beweggründe Rachmons zu gegebener Zeit verstehen lernt."

„Wie will dieser Rachmon denn verhindern, dass du...dass Sie etwas über ihn erzählen, wenn er doch gar nicht hier bei uns ist?", wollte Michael mit zweifelndem Blick von dem irgendwie aristokratisch aussehenden Mann wissen. Dieser heftete den Blick seiner abgrundtief blauen Augen auf den schlanken Versicherungsmakler.

9

„Glaub mir, mein Freund, Rachmon kann es...", antwortete er leise, aber mit einer Bestimmtheit, die Fux frösteln ließ.

„Du sprachst von der Natur der Dinge...", meldete sich da die frisch gebackene Besitzerin von Blair House zu Wort und schaute von Schressen dabei nachdenklich in das gut aussehende, durch den Kinn-Schnauzbart sehr männlich wirkende Gesicht.

„Was meintest du damit?"

„Na, das Zusammenspiel der Kräfte", erläuterte er kurz. „Wie die Dinge auf Erden und im Universum geordnet sind. Was wisst ihr darüber?"

Michael und Crystal blickten sich kurz ratlos an.

„Äh...", gab Michael dann unschlüssig von sich und zuckte mehr oder weniger hilflos mit seinen Schultern. „Äh, also... da gibt es die Guten und die Bösen...", sagte er dann mit stockender Stimme und Ratlosigkeit im Blick.

Von Schressen schenkte dem jungen, braunhaarigen Deutschen einen langen, forschenden Blick und verzog dabei seinen Mund zu einem spöttischen Grinsen.

„Du liebe Güte. So viel wisst ihr also von der Natur der Dinge?"

Er seufzte tief und schüttelte seinen Kopf, und richtete seine Augen an die helle Holzdecke der Eingangshalle.

„Oh Rachmon...", sprach er in den Raum hinein, „...ich weiß wirklich nicht, ob es so klug war, deiner Tochter alle Informationen vorzuenthalten. Wie soll sie da im Kampf gegen die dunklen Bestien bestehen?"

„Wieso Kampf?", fragte Crystal, nach diesen Worten aufhorchend. „Was für ein Kampf? Wovon sprichst du?"

„Mädchen...," begann von Schressen und ließ erneut einen tiefen Seufzer vernehmen bevor er die Frau mit seinen Augen fixierte, „...Mädchen, die dunklen Mächte wissen von deiner Existenz. Und sie werden nicht damit aufhören, deiner habhaft zu werden. Deiner und deiner Freunde und Weggefährten", fügte er noch mit einem Seitenblick auf Michael Fux hinzu, der daraufhin ein sehr unbehagliches Gesicht machte.

„Dein Leben wird von nun an von dem Kampf gegen die Finsternis geprägt sein, ob du es willst, oder nicht. Und wenn du überleben willst, wenn du Herrin über dein eigenes Leben, deinen freien Willen bleiben willst, dann musst du den Kampf aufnehmen! Tust du es nicht, wirst du untergehen und eine willfährige Marionette des Bösen in der Welt werden. Verstehst du das?"

Crystal schwieg einen Moment schockiert über diese Eröffnung, doch dann nickte sie stumm und senkte den Kopf. Die Worte des seltsamen Mannes, der sich selbst als weißen Vampir bezeichnete, hatten sie nicht wirklich überrascht. Die Geschehnisse seit ihrem Erwachen in Cadwrigham House waren zu eindrucksvoll, zu bedrohlich gewesen. Und wie es um ihre Sicherheit und die ihrer Freunde bestand, hatte der Angriff des Ghouls auf dem Friedhof und hier, vor Blair House, nur zu deutlich gemacht. Angesichts dessen, was ihr die Zukunft bringen mochte, überkam die junge Frau ein entsetzliches Gefühl der Kälte, Angst und Einsamkeit.

Michael Fux spürte instinktiv, was in seiner Freundin vorging. Wortlos kam er zu ihr und schloss sie in seine Arme, hielt und drückte sie, gab ihr Halt.

„Keine Angst, Crystal", sagte er leise und streichelte ihr dabei über die roten Haarlocken. „Ich werde an deiner Seite kämpfen, wie ein großer Bruder, der seine kleine Schwester beschützt. Wir werden den dunklen Schergen schon Paroli bieten!"

Crystal löste sich aus seiner Umarmung und lächelte ihn dankbar an. Seine Worte, die Nähe und die Zuneigung des neu gewonnenen Freundes hatten ihr gut getan. Sie wusste, dass sie sich blind auf Michael würde verlassen können. Ihre Schicksale schien von nun an durch die Kette der hinter ihnen liegenden, schaurigen Ereignisse untrennbar miteinander verkettet zu sein. Wer konnte nach solchen Erlebnissen sein Leben schon so weiterführen, wie zuvor?

Von Schressen trat nun zu den beiden heran und legte seinerseits den Arm um Michaels Schulter.

„Ich werde der Dritte im Bunde sein!", verkündete er und lachte den beiden aufmunternd zu. „Und auf den knuddeligen, süßen jungen Mann hier werde ich ein besonderes Auge haben!", fügte er feixend hinzu.

„Na, das kann ja heiter werden!", seufzte Michael und

verdrehte seine Augen.

Dann musste er gegen seinen Willen lachen. Ihre Anspannung löste sich und auch Crystal brachte ein breites Lächeln zu Stande.

„Sag mal...", sprach sie den Wiener Vampir an. „Du benimmst dich nicht wie ein 'normaler' Vampir, aber deine Klamotten sehen wie einem billigen Trash-Movie entnommen aus!"

„Ob du es glaubst oder nicht - das sind sie auch!", gab der Gefragte Augen zwinkernd zur Antwort.

„Äh, wie jetzt? Willst du uns verarschen?", fragte Michael irritiert dazwischen.

„Aber nicht doch!", wies von Schressen diese Vermutung des Deutschen zurück. „Ich bin zwar adliger Abstammung, aber glaube mir, kein Vermögen reicht für über zweihundert Jahre. Wenn man ein einigermaßen kommodes Leben führen möchte, muss auch ein altgedienter Vampir arbeiten. Ich bin Nebendarsteller beim Film. Vor allem für Horror-Produktionen buchen mich die Produzenten und Regisseure gerne. Man sagt, kaum einer könne so gut Vampire und Untote darstellen, wie ich!"

Michael und Crystal sahen sich kurz an, dann prusteten beide los und konnten sich vor Lachen kaum noch halten.

„Du kriegst die Tür nicht zu...", japste Michael nach Luft, als sich ihr Heiterkeitsanfall wieder etwas gelegt hatte. Er wischte sich Lachtränen aus den Augenwinkeln.

„Das ist wirklich ein Jux erster Güte!", meinte auch Crystal, die sich immer noch den Bauch hielt vor Lachen. Doch schließlich konnte auch sie sich wieder beruhigen.

„Wir sollten uns so langsam mal hier im Haus ein bisschen umsehen!", schlug sie dann vor. „Ich könnte nach all der Aufregung eine kleine Mahlzeit vertragen. Und ein Platz zum Schlafen wäre auch eine angenehme Vorstellung. So warm und heimelig die große Halle hier auch wirken mag!"

Michael und von Schressen stimmten ihrem Vorschlag sofort einstimmig zu. So durchquerten sie langsam die große Eingangshalle und bewegten sich über einen riesigen, ovalen Webteppich hinweg auf die der Eingangstür gegenüberliegende Wand zu. Crystal steuerte die Rechte der beiden Marmorstatuen an. Schon beim

Näherkommen konnte man deutlich erkennen, dass es sich bei beiden Figuren um Frauengestalten handelte. Doch die Figur direkt vor ihr kam ihr mit jedem Schritt ein bisschen bekannter vor.

„Das bin ja ich!", stieß sie dann völlig perplex einen leisen schockierten Schrei aus, als sie den meterhohen Marmorsockel erreicht hatte, auf dem sich die Figur in anmutiger Pose erhob.

„Tatsächlich!", riefen Michael und von Schressen wie aus einem Mund, nicht weniger überrascht als die junge Hausbesitzerin.

„Sogar dein Name ist in den Sockel eingraviert!", ergänzte Michael und wies auf eine Gravur im Sockel.

Zu dritt musterten sie die Statue. Sie konnten erkennen, dass hier meisterhaft gearbeitet worden war. Die Figur schien geradezu lebendig zu sein. Jede Kleinigkeit stimmte, vom Faltenwurf der Bekleidung bis hin zu den feinsten Härchen auf dem Handrücken. Wie eine in Stein erstarrte Fotografie, von der man erwartete, dass sie jeden Moment tatsächlich zum Leben erwachte und vom Sockel herunter sprang.

„Gespenstisch!", murmelte Michael angesichts des unglaublichen Realismus dieser Bildhauerkunst.

Crystal wandte sich ihm zu, verengte ihre Augen zu Schlitzen und stemmte dazu ihre Hände in die Hüften.

„Soll das etwa heißen, ich sehe wie ein Geist aus?", rief sie mit gespielter Entrüstung.

Anstatt die Statue blickte Michael jetzt Crystal selbst konsterniert und verblüfft an, während von Schressen neben ihm lauthals auflachte. Da erst realisierte der junge Deutsche, dass sich seine Freundin einen Scherz erlaubt hatte und stimmte in das Gelächter von Schressens mit ein. Es tat ihm gut und, wie er erstaunt feststellte, löste sich dadurch doch ein wenig der Anspannung der letzten Stunden.

„Na, dein Gesicht hättest du eben mal sehen sollen!", feixte Crystal und zwinkerte ihm belustigt zu.

Michael schüttelte nur seinen Kopf und zwinkerte seinerseits schmunzelnd zurück.

„Wen wohl die andere Statue darstellt?", überlegte die

neue Besitzerin von Blair House in diesem Moment laut vor sich hin.

Schon hatte sie sich umgewendet und strebte zur anderen Seite des Raumes hin. Von Schressen folgte ihr sogleich, und auch Michael folgte den beiden. Allerdings machte er kein neugieriges Gesicht. Es stand eher etwas von leichter Sorge darin zu lesen, denn der einstige Versicherungsmakler hatte eine leise Ahnung, was die zweite Statue betraf.

Crystal war verstummt, als sie neben dieser angelangt war. Sie starrte auf den in den Marmorblock eingemeißelten Namen und dann auf die weibliche Gestalt vor ihr. Dabei spürte die Engländerin, wie sich ein dicker Kloß in ihrem Hals zu bilden schien, der auch durch heftiges Schlucken nicht weg zu bekommen war. Als Michael leise neben sie trat und ihr sanft eine Hand auf ihre Schulter legte, füllten sich ihre Augen bereits mit Tränen.

„Mammy...", hauchte sie leise und berührte den Marmorsockel so sacht mit den Fingerspitzen, als fürchte sie, der harte Stein könnte durch den Kontakt zerbrechen.

Michael musterte stumm Sockel und Statue. Über dem quadratischen Block, in dem der Name ‚Celeste' eingemeißelt worden war, erhob sich die Gestalt einer zierlichen, höchstens knapp über einen Meter sechzig großen Frau. Mit sanften Schwung umrahmten kurze, marmorne Locken ein ebenmäßiges Gesicht, dessen feine Züge auch aus dem Stein heraus von einer unendlich großen Güte, Liebe und Wärme erzählten, die die abgebildete Person im Leben ausgestrahlt haben mochte. Das Lächeln des Mundes erwärmte das Herz. Es drang tief in Michaels Innerstes hinein und berührte ihn bis auf den Grund seiner Seele. Die Statue war das lebendige Abbild eines Menschen, der bedingungslos liebte, nicht forderte und durch und durch gut war: Crystals Mutter, die nun endlich wieder einen Namen bekommen hatte, Celeste Blair. Der junge Mann konnte spüren, wie tief Crystal mit ihrer Mutter verbunden gewesen war, welch inniges Band Mutter und Tochter verband, grausam durchschlagen von den Mächten der Finsternis. Doch er spürte auch, dass dieses Band über den Tod hinaus Bestand hatte. Irgendwo, in einer anderen Welt, existierte Celeste Blair weiterhin und sandte ihre Liebe zu ihrer Tochter im Diesseits hinüber.

Crystal wendete ihren Tränen verschleierten Blick dem Freund zu.

„Crystal, ich...", begann dieser und stockte dann mit hilfloser Geste, weil er einfach nicht wusste, was er zu ihr sagen sollte.

„Ist schon gut, Michael!", antwortete die Engländerin sanft. „Mir geht es gut. Es war nur...ein Schock. Es ist so unglaublich viel auf mich herein gestürzt. All die guten Erinnerungen an meine Mutter, meine Kindheit, mein Leben sind wieder da."

Sie löste sich aus Michaels sanfter Schulterumarmung und wischte sich die Tränen aus dem Gesicht. Dann lächelte sie Michael und von Schressen, der sich diskret im Hintergrund gehalten hatte, zaghaft, aber dennoch zuversichtlich an.

„Die finsteren Mächte haben versucht, mir mit meiner Vergangenheit auch meine Zukunft zu nehmen", sagte sie dann mit kräftiger Stimme. „Aber es ist ihnen nicht gelungen!" Ihre Augen blitzten in einem zornigen Feuer auf, und ihre Gestalt straffte sich. „Und es wird ihnen auch in Zukunft nicht gelingen!", setzte sie mit wilder Entschlossenheit in der Stimme hinzu.

„Vive la France, Jeanne D'Arc!", rief von Schressen und klatschte mit gespielter Begeisterung affektiert in die Hände. „Können wir jetzt bitte die Küche suchen, ich hätte da ein wenig Hunger!"

Übergangslos musste Crystal kichern und verschluckte sich dabei fast. Einen besseren Beweis, dass sie sich wieder gefangen hatte, gab es wohl nicht.

„Ja, dann lasst uns mal die Küche suchen!", schlug Michael vor. Auch er verspürte ein leeres Gefühl im Magen. „Wenn wir bloß wüssten, wo wir in dem Riesenkasten von Haus mit Suchen anfangen sollen?"

„Oh, ganz einfach!", rief Crystal und lief leichtfüßig los. „Wir müssen nur hier rechts durch die Türe. Und wenn wir uns auf dem Gang dahinter links halten, kommen wir ganz automatisch zur Küche."

„Woher weißt du denn das schon wieder?", rief Michael

15

seiner Freundin entgeistert hinterher.

Diese blieb verblüfft stehen und wollte schon antworten, doch da winkte Michael nur müde ab.

„Lass gut sein, Crystal", meinte er, „Du weißt es eben, wenn du auch selbst nicht weißt, wieso!"

Crystal nickte und zuckte mit den Schultern dazu.

„Wenigstens erspart uns das eine längere Sucherei, oder?", sprach sie, lachte, drehte sich um und ging den beiden Männern voran.

Während von Schressen und Michael der Engländerin in die Tiefen von Blair House folgten, wandte sich Michael an dem neben ihm her schreitenden Vampir.

„Sag mal...", fragte er gedehnt, „Wie kommt es, dass du Hunger nach normalen Essen hast? Ich denke, ihr Vampire ernährt euch ausschließlich von Blut?"

Von Schressen verdrehte seine Augen und stieß ein verächtliches Zischen aus.

„Lass mich raten, von wem du dein umfassendes Wissen über Vampire hast: Bram Stoker und diverse Vampirfilme, habe ich recht?"

„Äh, jaaaa?", antwortete Michael gedehnt.

„Ich bin ein weißer Vampir, schon vergessen?"

„Äh, nein?", kam es ein zweites Mal recht unsicher zurück.

Der Vampir seufzte.

„Du hast absolut keine Ahnung, wovon ich rede!"

„Äh, nein...", gab Michael zu.

„Damit gewinnst du jeden PISA - Test, du Intelligenzbestie!"

„Na, also, aber, das ist...", stotterte der Deutsche nach Worten ringend herum, während er im Gesicht rot anlief.

„Pass auf, ich erkläre es dir in Kurzform. Vampirkunde für Anfänger sozusagen", meinte von Schressen und legte Michael gönnerhaft seinen rechten Arm um dessen Schultern. Den Zeigefinger der linken Hand hielt er dabei dozierend in die Luft gereckt. „Also, es verhält sich so...", begann der mit seinem kleinen Vortrag. „Ich bin ein weißer Vampir. Weiße Vampire sind gut!"

Er stockte kurz und heftete seine intensiv blauen Augen auf den jungen Deutschen. „Wir wiederholen: weiße Vampire sind gut!", forderte er ihn Augenzwinkernd auf, was wiederum ein ärgerlich ausgestoßenes Zischen von Michael zur Folge hatte. Von Schressen lachte kurz, dann fuhr er mit seiner Erklärung fort.

„Ich töte nicht. Ich habe noch nie getötet, außer Mitglieder der finsteren Mächte. Ich kann mich ein Weilchen mit normaler Nahrung über Wasser halten, wobei ich Vorzugsweise rohes, mögliches blutiges Fleisch bevorzuge. Da mich nicht nur frisches Menschenblut nährt, sondern auch Tierblut, hole ich mir auf diese Weise, was mein Körper unglückseligerweise von Zeit zu Zeit verlangt!"

„Du tötest also Tiere statt Menschen?", stellte Michael eine Zwischenfrage.

Der Vampir schüttelte jedoch verneinend seinen Kopf.

„Falsch gedacht. Ich habe da einige Arrangements mit jüdischen oder moslemischen Fleischern. Wie du vielleicht weißt, schächten diese ihre Schlachttiere, um sie ihrem Ritus gemäß ausbluten zu lassen. Also habe ich eine Quelle frischen, vom lebendigen Wesen stammenden Blutes.

„Und wenn mal zufällig kein Tier in den Nähe sein sollte?", wollte der junge Deutsche wissen. Von Schressen wirkte betrübt, als er fortfuhr.   „Dann muss ich meine menschlichen Freunde *bitten*, mir mit ihrem Blut zu helfen!"

„Bitten?"

„Ja, ich bitte um ihr Blut. Als Vampir habe ich genau im Gefühl, wie viel ich davon entnehmen kann, ohne Ihnen auch nur im Geringsten zu schaden!"

„Und das klappt?", fragte Michael und blickte seinem Gegenüber in das aparte, von blonden Locken eingerahmte Männergesicht.

„Sehr gut sogar. Und meine Freunde haben sogar etwas davon: sie brauchen kaum eine Krankheit fürchten, denn bei meinem Biss geht auch etwas von meinem Körpersaft in ihren Blutkreislauf über. Und die Regenerationskraft von Vampiren ist legendär...zumindest das stimmt, was man so über uns verbreitet!" Er grinste kurz verächtlich bei dem Gedanken an die Filme und Literatur über seinesgleichen.

„So?", fragte Michael, „Was ist denn sonst noch so falsch?"

„Na, dass Vampire das Tageslicht fürchten, zum Beispiel!",

erläuterte von Schressen. „Das gilt wenigstens für weiße Vampire so. Bei denen von der anderen Seite können das nur die sehr starken von Ihnen."
„Du kannst am Tage raus?" Michael war wirklich überrascht ob dieser Tatsache.
„Na, und ob. Außerdem schlafe ich nicht in einem Sarg. Allein schon die Vorstellung. Uhuhuhu!" Von Schressen schüttelte sich.

„Ein bequemes Bett ist mir lieber. Aber, wie erwähnt, das mit dem Tageslicht trifft nur für einen weißen Vampir zu. Die dunklen Vampire scheuen Sonne tatsächlich wie die Pest. Nur wenige der höheren Dämonen vertragen das Licht. Die von der finsteren Seite reagieren außerdem tatsächlich verdammt allergisch auf Knoblauch und Kreuze. Ich schätze dagegen leckeres Knoblauchbrot als Vorspeise und gehe zum Beten in die Kirche!"
„Wie? Ein Vampir geht zum Beten in die Kirche?" Michael blickte von Schressen zweifelnd an. „Jetzt verschaukelst du mich aber!"
„Mitnichten!", widersprach der Vampir mit ernster Miene. „Ich wurde unschuldig zum Vampir gemacht. Ich habe nie aus eigenen Stücken getötet. Und ich habe meinen Frieden mit Gott gemacht, jedenfalls mit den Mächten des ewigen Gleichgewichtes, die ihr als Gott bezeichnet."
Michael schüttelte seinen Kopf.
„Verreck und werd zu Gold!", seufzte er heftig, einen Spruch benutzend, den er von seiner Oma Erika kannte.
„Ein Sonnen liebender Vampir, der betet und Knoblauch mag – mein Weltbild stürzt zusammen!"
„Na, du wirst es überleben!" rief von Schressen grinsend. Dann knuffte er ihm in die Seite und zwinkerte ihm verschwörerisch zu. „Hab ich jetzt eine Chance, dich in mein Bett zu bekommen?"
„Nun mal langsam mit den jungen Pferden!", wehrte Michael ab. „Ich kenne dich ja noch nicht mal eine Stunde. Aber wenn das alles stimmt, was du da gerade von dir gegeben hast, dann sind deine Chancen zumindest nicht schlechter geworden!" Er schickte noch einmal einen tiefen Seufzer hinterher. „Wenn ich dran denke, dass ich aus

Deutschland geflüchtet bin, um einem Liebeschaos zu entgehen...".

„Nun, fürs Erste gebe ich mich mal damit zufrieden, dass ich wenigstens nicht ganz abgemeldet bin", lachte der Vampir und hakte sich bei Michael ein.

„Hier geht es in die Küche!", rief ihnen da auch schon die frischgebackene Hausbesitzerin entgegen.

Crystal, die ein wenig voraus gelaufen war, hatte, nachdem sie auf dem Gang, den die drei hinter der Tür aus der Eingangshalle vorfanden, erst nach links, an der ersten folgenden Gangkreuzung geradeaus und an der nächsten dann nach rechts gegangen war, eine breite Tür aus hellem Holz geöffnet.

Dahinter öffnete sich ein großer Raum von dreieckiger Grundform. Die Fensterfront bildete die Grundlinie des Dreiecks und war mindestens zwanzig Meter lang. Zwischen den vier enormen, mit fein ziselierten Gittern gesicherten Fenstern standen große und breite, aus naturbelassenem, hellem Holz gefertigten Schränke, in denen die Eintretenden sofort das Koch- und Küchengeschirr vermuteten. Den Mittelpunkt der Küche bildete ein riesiger, frei zugänglicher Herd, der, mit allen Schikanen ausgerüstet, jeden nur denkbaren Wunsch an solch einem Funktionsgerät erfüllte. Vom Rand der darüber befindlichen, kupfernen Dunstabzugshaube hingen kleinere Pfannen und Kasserollen herab.

In den beiden kürzeren Wänden der Dreiecksküche befand sich jeweils eine Tür. Außerdem standen dort Kühl- und Vorratsschränke, Arbeitsflächen, Spültisch und -automat und das, was man an Geräten zur Küchenarbeit noch so gebrauchen konnte.

„Dein Vater hat wohl einen Hang zur Gigantomanie?"

Michael warf Crystal einen Blick zu, der sich aus Erstaunen, Faszination und Fassungslosigkeit gleichermaßen zusammensetzte.

„Ich glaube, ich werde mich deiner Meinung anschließen müssen", erwiderte die Schicksalsgefährtin dem jungen Deutschen. „Denn leider habe ich ihn ja noch nicht persönlich kennen gelernt!", fügte sie dann noch mit etwas bekümmert klingender Stimme hinzu. „Aber abgesehen

19

davon ist die Küche ein Traum!"

„Hier kannst du ja Legionen verköstigen!", meinte der ehemalige Versicherungsmakler. „Und was hier alles zu putzen ist! Das ist ja eine Lebensaufgabe."

„Huch, die kluge Hausfrau spricht!", rief von Schressen affektiert aus und klatschte in die Hände. „Hurtig, hurtig, regt die Hände, bringt die Arbeit rasch zu Ende...!"

„He, den Satz hast du aber bei Cinderella geklaut!", entrüstete sich Michael belustigt.

„Wenn man Hunger hat, darf man das!", verteidigte sich der Vampir. „Ich brauche was zu beißen, sonst muss ich doch noch jemanden beißen. Meldet sich hier im Saal einer freiwillig?"

„Lass uns doch mal sehen, was hier so alles in den Schränken versteckt ist!", ließ sich da Michael hastig vernehmen, während er fast gleichzeitig und mit rotem Kopf auf den nächstbesten Vorratsschrank zu stürmte.

„Hoffentlich ist überhaupt etwas da, schließlich kamen wir ja noch nicht zum einkaufen", rief ihm Crystal hinterher.

Doch zum großen Erstaunen der kleinen Gruppe erwiesen sich Vorrats-, Kühl- und Gefrierschränke als erstaunlich gut gefüllt, und zwar nicht nur mit Konserven, sondern auch mit Frischkost wie Milchprodukte, Käse, Obst, Gemüse, sowie Fleisch- und Wurstwaren.

„Das ist ja...erstaunlich!", entfuhr es Michael angesichts der nahrhaften Köstlichkeiten. „Woher kommt das alles bloß?"

„Nun, ich nehme an, Rachmon hat seine geheimnisvollen Helfer damit beauftragt, die Vorräte hier im Haus regelmäßig aufzufüllen und auszutauschen", mutmaßte von Schressen, der über Michaels Schulter hinweg in den geöffneten Kühlschrank spähte. „Es sollte wohl alles jederzeit für die Ankunft Crystals bereit sein."

„Na, das wie und warum ist mir eigentlich im Moment egal", meinte Michael und lud sich schon die ersten Köstlichkeiten aus dem Kühlschrank auf seinen Arm. „Ich habe jetzt erst mal Hunger. Mahlzeit!"

Wenig später saßen sie zusammen am großen, aus massivem Holz gefertigten Küchentisch und ließen sich Wurst, Brot, Käse, Tomaten-Mozzarella-Salat, sowie den

Inhalt eines großen Mixed Pickels - Glas schmecken. Crystal hatte dazu eine große Kanne guten, englischen Tees aufgebrüht. Sie langten alle kräftig zu, verbrachten das Mahl selbst aber eher schweigsam, jeder in seine eigene Gedankenwelt versunken.

Die frischgebackene Hausherrin Crystal musste an ihre Mutter denken, immer noch aufgewühlt von der Begegnung mit dem fast unheimlich lebensechten Marmorabbild. Außerdem trieben sie viele Überlegungen in Zusammenhang mit ihrem mysteriösen Vater um.

Im Kopf von Michael wirbelten die Gedanken dagegen nur so durcheinander, sprangen von einem ins andere. Eben noch hatte er ein festgefügtes Weltbild, welches sich absolut klar in Böse und Gut unterteilen ließ. Doch dann war dieses Bild von dem gutaussehenden Vampir durcheinander gewirbelt worden, der einträchtig mit ihnen am Tisch saß und genussvoll ein Wurstbrot mit Gurkenscheiben verschlang. Der ehemalige Versicherungsmakler führte sich hin und hergerissen zwischen seiner Abscheu zu Vampiren an sich und der Sympathie für den attraktiven Mann neben sich, der ihm zudem auch noch das Leben gerettet hatte. Und schon wieder trat ein Mann in sein Leben, der eben dieses gehörig durcheinander brachte. In Deutschland hatte diese Position der hübsche Bruder seiner ehemaligen Verlobten eingenommen. Michael war von ihm regelrecht verführt worden, hatte seine bisexuelle Seite entdeckt, und wurde dabei inflagranti von seiner Verlobten erwischt, was zu seiner überhasteten Flucht nach England geführt hatte. Und nun der weiße Vampir aus Österreich, der ihn in ein Gefühlschaos stürzen ließ. Innerlich seufzend versuchte Fux sich daher lieber auf das Abendbrot zu konzentrieren.

Rolfhardt Ethelbert Ronan von Schressen, der besagte Vampir, empfand Freude. Zum einen darüber, dass er von Crystal Blair und Michael Fux als Freund akzeptiert worden war, wenn auch im Falle Michaels eher Zähne knirschend. Zum anderen erfüllte es ihn mit Glück, endlich wieder eine Aufgabe zu haben, nämlich die, die geliebte Tochter seines Freundes Rachmon zu beschützen. Und wer weiß, vielleicht schaffte er es ja doch noch, diesen schnuckeligen, jungen Deutschen für sich einnehmen zu können? Es schien ihm eine Ewigkeit her zu sein, dass er für einen anderen Mann ähnlich viel Zuneigung empfand. Doch er nahm sich vor, nichts zu überstürzen. Zu oft in seiner langen Existenz, hatte es das Schicksal in dieser Hinsicht nicht gut mit ihm gemeint, ihn bitterlich enttäuscht.

Es war Crystal, die dieses traute, besinnliche Schweigen am Küchentisch schließlich beendete.

„Leute…", sagte sie und gähnte dabei verhalten, „…mir fallen die Augen zu. Es war ein ereignisreicher Tag, und ich schlage vor, wir alle nehmen eine Mütze voll Schlaf!"

„Ein guter Vorschlag!", stimmte Michael der Freundin zu, denn auch er konnte seine Augen nur noch mit Mühe offen halten.

„Auch ich hätte nichts gegen ein paar Stunden geruhsamer Erholung einzuwenden", ließ sich Rolfhardt vernehmen. „Ausgeschlafen redet es sich leichter und ich denke, wir werden noch einiges zu bereden haben!"

„Crystal kann uns sicher sagen, wo wir Schlafzimmer finden werden", sagte Michael und blickte der rothaarigen Freundin fragend ins Gesicht.

„Ich wollte, ich wüsste es nicht!", erwiderte Crystal verdrossen. „Denn dann müsste ich mich nicht fragen, woher mir all diese Informationen zufließen. Die Türen, an denen wir auf dem Weg von der Eingangshalle zur Küche vorbei gekommen sind, führen allesamt in verschiedene Schlafzimmer."

„Na, das ist doch was!", meinte Michael erfreut. „Dann müssen wir schon nicht lange suchen!"

„Wir könnten uns doch ein Zimmer teilen?", schlug von Schressen dem Deutschen grinsend vor.

Dieser verdrehte die Augen. „Oh Junge!", seufzte er und warf Crystal einen gespielt verzweifelten Blick zu. „Ein blutsaugender Vampir ist ja schon schlimm genug!", sagte er dann und war einen Seitenblick auf von Schressen. „Aber ein balzender Vampir schlägt dem Fass die Krone aus! Ich komme wir vor wie in Roman Polanskis 'Tanz der Vampire'!"

So löste sich ihre kleine Soiree in lautem Gelächter auf. Gemeinsam räumten sie rasch das Geschirr in die

Spülmaschine, dann machten sie sich auf, die Schlafzimmer in Beschlag zu nehmen. Crystal steuerte gleich auf die Tür zu, welche der Küchentür gegenüber lag. „Das Vorrecht der Hausbesitzerin!", sagte sie augenzwinkernd zu ihren beiden männlichen Begleitern. Natürlich gönnten ihr die beiden den kurzen Weg, und nachdem sie sich von der jungen Engländerin verabschiedet hatten, verschwanden auch die beiden ungleichen Männer jeder für sich in einem der Schlafzimmer des östlichen Flügels. Bald darauf senkte sich die Stille der Nacht über Blair House.

Während Michael und Rolfhardt schnell in einen tiefen, erholsamen Schlaf hinüber glitten, wälzte sich Crystal unruhig in dem breiten, bequemen Bett ihres Zimmers hin und her.
„Nein, nein", flüsterte sie im Schlaf vor sich hin, während ihre Hände unbewusst abwehrende Bewegungen vollführten. „Nein, tu es bitte nicht. Geh nicht!"
Ein Schluchzen entrang ihrer Kehle und unter den geschlossenen Augenlidern traten Tränen hervor, die ihr die Wangen hinab liefen.
In ihrem Traum verschwand die Welt in einem rauschenden Wirbel aus Farben und Geräuschen, mit ihr als Zentrum. Doch urplötzlich fand sich Crystal in einer völlig fremden Umgebung wieder. Sie stand im Vorgarten eines hübschen, kleinen Häuschens, wie es sie zu tausenden in britischen Vorstädten gab. Vorne auf der Straße stand ein wartender Minivan mit offener Seitentür. Eine dunkle Gestalt war offensichtlich damit beschäftigt, Gepäck in dem Gefährt zu verstauen.
Aus der geöffneten Eingangstür des Häuschens drang ein herzzerreißendes Gejammer. „Bitte Oma, geh nicht!"
Die flehentliche Stimme schien einem kleinen Mädchen zu gehören, das bestimmt nicht älter als zehn oder elf Jahre war.

„Aber Belinda, es ist doch nur eine Kreuzfahrt!", war nun eine weitaus ältere Frauenstimme zu vernehmen. „In vier Wochen ist Oma doch wieder da, mein Schatz!"

„Nein, nein Oma!", schluchzte das Mädchen. „Es wird etwas Schlimmes geschehen, wenn du auf das Schiff gehst!"

Es lag echte Panik in der Stimme Belindas, und Crystal schien es fast das Herz zerreißen zu wollen.

In der hell erleuchteten Türöffnung erschienen nun mehrere Gestalten. Zwei davon schienen wohl die Eltern des Mädchens zu sein, bei der anderen Erwachsenengestalt handelte es sich zweifellos um die Oma von Belinda. Das kleine Mädchen selbst hatte sich mit beiden Händen an seine Großmutter geklammert und schrie und jammerte, wollte sie partout nicht gehen lassen.

„Nun ist aber genug, Belinda!", schimpfte deren Vater jetzt leise und zerrte seine Tochter von der Oma weg. „Was sollen denn die Nachbarn denken? Du führst dich ja auf wie ein kleines Vorschulkind!"

Und zu seiner Frau gewandt sagte er: „Was ist bloß mit dem Mädchen los? So hysterisch habe ich unsere Kleine ja noch nie erlebt!"

Auch Belindas Mutter konnte sich das Verhalten ihrer Tochter nicht so recht erklären. Deshalb zuckte sie nur ratlos mit ihren Schultern und wendete sich dann wieder ihrer Mutter zu.

„Ein wenig kurzfristig und überhastet erscheint mir deine Reise schon, Mum. Warum hast du uns nicht vorher gesagt, was du vorhattest? Kein Wunder, dass Belinda so aus dem Häuschen ist!"

„Ach Elfie, es ist einfach über mich gekommen", antwortete die ältere Frau, wobei sie ein Gesicht machte, als wäre sie selbst von ihren Reiseplänen überrascht. „Ich bin am Morgen aufgewacht und habe mir gesagt, dass ich endlich die Kreuzfahrt machen sollte, wie ich es schon so lange vorgehabt habe!"

Sie beugte sich zu Belinda hinab und tätschelte ihrer kleinen Enkelin den Kopf.

„Du musst wirklich keine Angst habe, meine Kleine. Du hattest nur einen schlechten Traum. Bist du so lieb und

24

bringst du mich bis zum Auto?"
Belinda schüttelte energisch ihren kleinen Kopf, so dass die langen, blonden Haare nur so umherwirbelten.
„Nein!", sagte sie entschieden. „Der Mann am Auto ist böse!"
Die ältere Frau seufzte. „Na ja, dann muss ich halt so gehen, meine Kleine. Wenn ich noch länger warte, versäume ich noch die Abfahrt des Schiffes."
Sie richtete sich wieder auf, hakte sich sodann bei ihrer Tochter unter und steuerte mit ihr gemeinsam auf den wartenden Minivan der Kreuzfahrtgesellschaft zu. Belindas Vater kam mit dem restlichen Gepäck der alten Dame hinter den beiden her.
Belinda blieb im Türrahmen stehen und machte ein verzweifeltes Gesicht. Dann richtete sich plötzlich ihr Blick direkt auf Crystal. Überrascht schaute sich diese um, in der Erwartung, dass das Mädchen hinter ihrem Rücken irgendetwas erblickt hatte. Doch da war nichts. Und doch schien sie das Mädchen regelrecht zu fixieren.
„Kannst du mir nicht helfen?", wurde sie da von der Kleinen geradeheraus mit Verzweiflung in ihrer Stimme gefragt.
„Du...du kannst mich sehen?", fragte Crystal völlig perplex zurück. Es war doch alles nur ein Traum, wie konnte sie da dieses kleine Mädchen sehen und sogar ansprechen?
„Bitte, bitte hilf mir!", flehte Belinda Crystal an. „Auf dem Schiff wird etwas Schreckliches geschehen. Ich habe alles in meinem Traum gesehen!" Dicke Tränen kullerten aus den großen Augen des Mädchens hervor. „Wenn du meiner Oma nicht hilfst, wird sie sterben!"
In diesem Moment hörte Crystal das blecherne Geräusch einer zuschlagenden Schiebetür. Unwillkürlich wandte sich ihren Blick in die Richtung, wo der Minivan stand. Die dunkle Gestalt des Fahrers hatte soeben die Seitentür geschlossen und war schon halb um das Fahrzeug herumgegangen. Dabei war sein Gesicht in Richtung des kleinen Mädchens gewandt. Plötzlich blieb er stehen. Sein Kopf folgte Belindas Blickrichtung und dann richteten sich seine Augen auf die Gestalt Crystals. Dieser lief ein eiskalter Schauer über den Rücken und sie fühlte sich von Blick der

25

dunklen Gestalt regelrecht durchbohrt. Ihr Herz schien stehen bleiben zu wollen, als die Augen des Fahrers in blutigem Rot aufzuleuchten schienen. Ein dumpfes Knurren löste sich aus der Kehle der unheimlichen Erscheinung.

„Misch dich nicht ein, du kleiner Bastard!", drang es zischend und geifernd an das Ohr der Engländerin. „Sonst wird es dir schlecht ergehen!"

Flammende Pfeile schienen aus den drohend glühenden Augen auf sie zu zuschießen. Mit einem lauten Schrei wachte Crystal schlagartig auf. Ihr Herz klopfte in wildem Stakkato und es dauerte einige Momente, bis sie realisierte, dass sie sich nicht im Freien auf einer Straße, sondern in ihrem Bett in Blair House befand.

Crystal setzte sich in ihrem Bett auf und barg ihr Gesicht in ihren zitternden Händen. Sie versuchte tief und gleichmäßig zu atmen, um Aufregung und Angst einzudämmen, bevor sie ihren Geist überschwemmen konnten. Immer noch standen zwei Bilder vor ihrem inneren Auge. Zum einen das der kleinen Belinda, die sich mit einem flehentlichen Hilferuf an sie gewandt hatte. Zum anderen die dunkle Gestalt mir den gräulich rot glühenden Augen, als Gegenpart zu dem reinen, kleinen Wesen. Die von dem Finsteren ausgesprochene Warnung ließ an Deutlichkeit nicht zu wünschen übrig.

Während Crystal noch damit beschäftigt war, ihre wild durcheinander wirbelnden Gedanken zu ordnen, wurde die Tür zum Zimmer der Engländerin aufgerissen. Michael und Rolfhardt kamen hereingestürmt.

„Crystal, was ist mit dir los?", rief ihr Michael voller Sorgen entgegen.

Die Angesprochene hob ihren Kopf und warf einen erstaunten Blick auf die beiden Männer.

„Wie konntet ihr wissen, dass ich im Schlaf geschrien habe?", fragte sie die Ankömmlinge halb erstaunt, halb erleichtert über deren vertraute Anwesenheit. „Ich kann mir kaum vorstellen, dass mein Schrei durch die dicken Wände dieses Baus hier gedrungen ist.

Fux machte eine nickende Kopfbewegung zu Rolfhardt hin.

„Unser spitzzahniger Freund hat ein geradezu phänomenales Gehör. Dein Schrei hat ihn munter gemacht, er hat mich dann aus dem Bett geworfen und gemeinsam sind wir so schnell zu dir gelaufen, wie wir nur konnten!"

„Von wegen schnell!", ließ Rolfhardt vernehmen.

„Geschlichen ist er, wie eine Schnecke. Menschen!"

„Vampire!", konterte Michael. „Lästern, nichts als lästern können die!"

Und an Crystal gewandt fragte er: „Also, was ist los? Rolfhardt meinte, du hättest voll in Panik aufgeschrien!"

Die junge Engländerin hob ihren Kopf, und der Ausdruck, den Michael in ihren grünen Augen lesen konnte, zeugte von einer großen Portion Entschlossenheit.

„Die dunklen Mächte sind wieder aktiv!", sagte sie mit ernster Stimme. „Ich habe im Traum einen Hilferuf erhalten!"

„Einen Hilferuf? Wie...was...?"

Michael schien verwirrt. Und auch Rolfhardt zuckte auf einen Blick des Deutschen hin nur ratlos mit seinen Schultern.

„Erinnere dich an Cadwrigham House, Michael", sagte Crystal. „Dort waren unsere Gedanken miteinander verbunden. Dieses Mal bestand mein Kontakt jedoch zu einem kleinen, völlig verzweifelten Mädchen."

„Wie, ein Mädchen? Kannst du das bitte ausführlicher erklären, teuerste Freundin?", bat Michael Crystal um nähere Erklärung.

„Später...", erwiderte diese. „Jetzt habe ich erst mal eine Frage an euch beide. Was haltet ihr von einer kleinen Kreuzfahrt?"

„Das ist doch wohl nicht dein Ernst, Crystal!", rief Michael Fux kurze Zeit später laut aus und fasste sich an die Stirn.

„Doch, genau das ist es!", entgegnete die rothaarige

Engländerin ihrem Freund aus Deutschland trotzig.

„Aber...aber...du kennst diese Belinda doch überhaupt gar nicht. Von ihrer vergnügungssüchtigen Großmutter ganz zu schweigen!"

Der ehemalige Versicherungsmakler hatte sich breitbeinig vor Crystals Bett aufgestellt und hielt die Hände in seine Hüften gestützt. Er blickte seine Freundin in einer Mischung aus Zweifel, Verzweiflung und Ratlosigkeit an.

Von Schressen, der weiße Vampir, hielt sich derweil auffällig im Hintergrund. Sollten die beiden jungen Leute das unter sich klären. Würde er sich jetzt einmischen und für eine Seite Partei ergreifen, brächte das die andere Seite nur gegen ihn auf. Dafür war seine Freundschaft zu den beiden Streithähnen noch zu frisch und damit zu fragil.

„Crystal!", versuchte es Michael nun mit einem eindringlichen Appell. „Das war doch nur ein Traum! Wir können uns doch nicht nur wegen eines Traumes so mir nichts dir nichts in ein Abenteuer stürzen, von dem wir nicht wissen, wie es ausgehen wird!"

Crystal schenkte Michael einen tiefen, unergründlichen Blick aus ihren smaragdgrünen Augen.

„Vergiss nicht, dass es auch ein Traum war, der mich mit dir in Kontakt gebracht und uns letztendlich die Flucht aus Cadwrigham House ermöglicht hatte", erinnerte sie ihn mit sanfter Stimme und mit einem hintergründigen Lächeln auf ihren sinnlichen, vollen Lippen an die Geschehnisse in Cadwrigham House.

Verblüfft starrte Michael sie an. Dieser Einwand hatte ihn so sehr überrascht, dass ihm glatt die Worte fehlten.

„Das hat gesessen!", konnte sich von Schressen einen Kommentar nicht verkneifen.

Michael bedachte den weißen Vampir mit einem giftigen Seitenblick. Dann wandte er sich wieder der mit angezogenen Beinen in ihrem Bett sitzenden Crystal zu.

„Wir kennen uns doch noch viel zu wenig mit der ganzen Materie aus", versuchte er an ihre Vernunft zu appellieren. „Ich kann dir eine Versicherung verkaufen, doch was nützt uns das bei einer erneuten Konfrontation mit den finsteren Mächten? Sieh es doch mal realistisch. Was wissen wir denn schon? Das es Gut und Böse gibt? Reicht das, um gegen die Kräfte des Bösen zu kämpfen, gegen sie bestehen zu können?"

„Michael, darauf kann ich dir beim besten Willen keine Antwort geben", gab Crystal unumwunden zu. „Aber wenn du meinen Traum geträumt hättest, wenn du gesehen und gespürt hättest, wie viel Angst Belinda um ihre Großmutter gehabt hat, und wenn du diesen finsteren Taxifahrer erlebt hättest, dann könntest auch du dich nicht der Notwendigkeit entziehen, zu helfen."

„Aber...", begann der junge Mann von neuem, doch er wurde sogleich wieder von Crystal unterbrochen.

„Wir können helfen, Michael!", sagte sie in beschwörendem Ton.

Sie streckte ihre Beine aus und setzte sich dann an den Bettrand. Von dort ergriff sie die Hände Michaels mit den ihren. „Ich gebe zu, dass wir, was den Kampf zwischen den Mächten des Lichts und der Finsternis angeht, blutige Laien sind", sagte sie sanft und mit ernstem Blick. „Wir müssen Erfahrungen sammeln. Wir werden lernen, was wir wissen müssen!"

Und mit einem Seitenblick auf Rolfhardt Ethelbert Ronan von Schressen fügte sie hinzu: "Außerdem sind wir nicht mehr ganz allein. Wir haben einen Freund, der uns anleiten und zur Seiten stehen wird. Mit ihm gemeinsam schaffen wir das, Michael. Ich glaube fest daran!"

Der ehemalige Versicherungsmakler wusste nicht, was er erwidern sollte. Hin- und hergerissen stand er da, schaute von Crystal zu Rolfhardt, der ihm ein warmes, zuversichtliches Lächeln schenkte, und wieder zurück. Schließlich seufzte er tief. „Vor dem Einschlafen habe ich mir den Kopf zerbrochen, wie es in meinem Leben weiter gehen soll", sagte er dann. „Dabei konnte ich mir nicht vorstellen, einfach so weiter zu machen, wie zuvor. Als Versicherungsmakler muss ich ja in viele private Haushalte. Doch jetzt würde ich mir jedes Mal überlegen, ob hinter der nächsten Tür nicht eine weitere Ausgeburt der Hölle auf mich wartet. Dann ist es wahrscheinlich doch besser, sich dem Kampf gegen das Böse von Angesicht zu Angesicht zu stellen!" Er machte eine kurze Pause, in der er von Crystal zu Rolfhardt und wieder zurück schaute. Anschließend löst sich ein weiterer, tiefer Seufzer aus seiner Brust.

„Wir sollten nachsehen, ob es in den Lagerräumen dieser Festung auch eine Riesenpackung Windeln gibt", meinte er dann mit säuerlichem Gesichtsausdruck und als Beleg dafür, dass er seinen Widerstand gegen die Pläne der Engländerin aufgegeben hatte. „Für den Fall, dass ich mir vor Angst in die Hosen mache", fügte er hinzu, als er Crystals fragendes Gesicht sah.

Diese lachte glockenhell auf und drückte lächelnd seine Hände. Von Schressen trat zu den beiden heran und legte Michael fürsorglich die Hand auf die Schulter.

„Und wenn du Nachts Angst hast, dann darfst du gerne in mein Bettchen kriechen und in meinen starken Armen, die dich beschützen werden, schlafen."

„Na, ich glaube, bei dir im Bett hättest du bestimmt andere Interessen als ausgerechnet die, mich schlafen zu lassen", meinte Michael mit indigniert hochgezogenen Brauen, während er die drahtig-muskulöse Gestalt des mit nur einer Shorts bekleideten Vampirs musterte.

Der vormals Adlige aus Österreich lachte nur kurz auf die Bemerkung des Deutschen hin.

„Um beim Thema schlafen zu bleiben...", sagte er dann, nicht näher auf Michaels Bemerkung eingehend, „...ich schlage vor, wir verziehen uns wieder in unsere Betten und versuchen noch ein paar Stunden zu schlafen. Nach dem Frühstück planen wir dann unser weiteres Vorgehen."

„Einverstanden", stimmte Michael zu und gähnte herzhaft.

„Ist in Ordnung", meinte auch Crystal und streckte sich wieder in ihrem Bett aus. „Dann schlaft mal schön, ihr beiden."

„Du auch", erwiderte Michael.

Zusammen mit Rolfhardt verließ er das Zimmer der jungen Frau, und die beiden Männer verzogen sich in die ihren. Für den Rest der Nacht kehrte Ruhe in Blair House ein.

„Hast du sonst noch irgendetwas in deinem Traum

gesehen, was vielleicht für uns hilfreich sein könnte?", erkundigte sich Michael einige Stunden später, während sie gemeinsam in der Küche des Hauses frühstückten.

Crystal hatte zuvor gerade noch einmal ihren Traum in allen Details erzählt, die ihr einfielen. Nachdenklich nippte sie an ihrem Kaffeebecher.

„Ich weiß nicht recht...", antwortete sie zögerlich.

„Wie sollen wir denn dann herausfinden können, mit welchem Schiff die Großmutter des Mädchens fahren wollte?", warf Rolfhardt ein und griff nach einer weiteren Scheibe goldgelb gerösteten Toastbrots, welches er dick mit Butter und Marmelade bestrich.

„Wenn ich mich recht besinne, dann war auf dem Taxi von ‚Glühauge' das Emblem einer Schifffahrtslinie", gab die junge Hausherrin unsicher zur Antwort.

„Ja, und?"

Michael blickte seine Freundin erwartungsvoll an.

„Hm, da stand so etwas wie ‚Dis', oder „Mis"...."

Sie hatte die Stirn in Falten gelegt und dachte angestrengt nach. Doch auf einmal hellte sich ihr Gesicht auf.

„Ich hab's!", rief sie triumphierend. „Es stand „Smodis Line" auf dem Taxi!"

„Na bitte!"

Rolfhardt klatschte erfreut in die mit Marmelade verschmierten Hände. „Damit lässt sich doch schon mal was anfangen. In einem Reisebüro kann man uns mit der Information sicher auf die Sprünge helfen."

„Fragt sich nur, wie wir jetzt auf schnellstem Wege in die Londoner Innenstadt gelangen, und wo wir so was wie Ausrüstung für unseren ‚Feldzug' herbekommen."

„Ach das ist kein Problem", antwortete Crystal ohne zu zögern. „Es gibt hier im Erdgeschoss und auch im ersten Stock eine Ausrüstungskammer. Und Autos stehen im Untergeschoss, da befindet sich nämlich eine große Garage."

Rolfhardt und Michael schauten die Hausherrin an, als käme sie von einem anderen Stern.

„Woher weißt du...", begann der junge Deutsche, doch dann hielt er inne, besann sich kurz und winkte nur ab.

„Was frage ich dich eigentlich noch", meinte er und verzog

sein Gesicht zu einer säuerlichen Miene. „Du hast ja selbst keine Antwort darauf. Also geben wir uns damit zufrieden, dass du es eben weißt!"

„Das sehe ich auch so", stimmte Rolfhardt Michaels Aussage zu.

„Also, wie geht es weiter?" fragte er dann.

„Ich würde vorschlagen, wir machen uns stadtfein", schlug Crystal vor. „Dann schauen wir uns mal die Ausrüstungskammer an und suchen uns anschließend einen Wagen aus, mit dem wir ins Zentrum fahren."

Die beiden Männer zeigten sich mit diesem Vorschlag einverstanden, und so standen sie eine halbe Stunde später im Westflügel des Hauses vor der Tür zu der von der Hausherrin benannten Ausrüstungskammer des Erdgeschosses. Vor allem Crystal und Michael fühlten sich schier erschlagen von all dem, was sie in den Regalen des Ausrüstungsraumes vorfanden. Das meiste davon war ihnen völlig unbekannt. Auf Anraten von Schressens entschieden sie sich für Schutzamulette, kleinen handlichen Lichtgranaten, geweihte Kreide um Schutzkreise ziehen zu können, Flaschen mit Weihwasser und Pistolen aus einer Kohlenstoff- Verbundfaser inklusive geweihter Silbermunition oder zum Verschießen von Weihwasser.

„Wenn wir zurückkommen, müssen wir das alles mal in Ruhe durchgehen", meinte Michael, als die drei die Tür der Ausrüstungskammer wieder hinter sich schlossen. „Ich meine, so eine Art Inventur veranstalten und dann versuchen herauszufinden, für was man was gebrauchen kann."

„Gute Idee", stimmte Crystal zu. „Ich hatte ja wirklich nicht die geringste Vorstellung davon, was man alles im Kampf gegen das Böse einsetzen kann."

„Na, das Feuer gegen Ghouls wirkt, das haben wir doch schon mal ganz gut auf die Reihe gekriegt, oder?", feixte Michael.

Allerdings merkte man ihm an, dass die vordergründige Fröhlichkeit nur aufgesetzt war. Eigentlich war ihm eher mulmig zumute, wenn er an das dachte, was möglicherweise auf sie zukommen konnte.

„Wie man's nimmt", relativierte Crystal Michaels Worte.

„Eigentlich haben wir mehr Glück als Verstand gehabt."
„Du hast vielleicht ein Talent, die Leute aufzubauen!",
beschwerte sich Michael. „Noch ein bisschen mehr davon
und ich stürze mich aus einem Fenster im Erdgeschoss!"
„Geht nicht, die sind vergittert", erwiderte die Engländerin
trocken.
„Und das letzte Wort muss sie auch immer haben!",
beklagte sich Michael nun bei von Schressen.
Dieser grinste den smarten Deutschen nur an und
zwinkerte ihm dabei mit seinen intensiv blauen Augen zu.
„Wollen wir nun in die Garage gehen?", forderte Crystal
dann die beiden Männer mit drängendem Unterton in ihrer
Stimme auf. „Ich meine, wir sollten so langsam mal
aufbrechen. Wir wissen nicht, wann das Kreuzfahrtschiff
ablegt. Es dampft sonst womöglich noch ohne uns ab!"
„Wogegen ich überhaupt nichts hätte", murmelte Michael
leise vor sich hin, während er dazu seine Stirn in
skeptische Falten zog.
„Was hast du gesagt, mein Lieber?", wollte Crystal
daraufhin von ihm wissen.
„Och, nichts, nichts", antwortete Michael hastig. „Ich
meinte, du sollst vorgehen, denn wir wissen ja nicht, wo
wir lang müssen."
„Na gut, folgt mir."
Sie machte auf ihren Absätzen kehrt und führte die beiden
Männer dann aus der Ausrüstungskammer hinaus. Über
zwei verschiedene, hell erleuchtete Korridore gelangten sie
schließlich zu einer großen, zweiflügeligen Tür, die rechts
und links von jeweils einem Aufzug flankiert wurde. Ohne
zu zögern steuerte Crystal einen davon an und die beiden
Männer folgten ihr. Die kurze Fahrt entließ die drei
ungleichen Gefährten eine Etage tiefer in eine große,
trapezförmige Halle. Eine Seite dieser Halle war durch einen
Wald aus Säulen und Bögen begrenzt. Nachdem sie unter
einem der Bögen hindurch getreten waren, standen
Crystal, Michael und Rolfhardt in einer geradezu riesigen,
dreigeteilten Fahrzeughalle. Dort, wo sich eine Etage höher
das Basement des Observatoriums befand, lag der größte
Bereich der Garage. Zwei etwas kleinere fanden sich rechts
und links davon, jeweils durch eine Bogen- und

Säulenmauer vom Hauptbereich abgetrennt. Michael zählte mindestens zwölf verschiedene Fahrzeuge. Von der unauffälligen Familienkutsche bis hin zum Rolce Royce war alles vorhanden.

Neben jedem Fahrzeug befand sich eine Bodenklappe, die, wie ein neugieriger Blick hinein verriet, verschiedene Kraftstoffzapfhähne und Elektroanschlüsse enthielt. Crystals Vater Rachmon schien einfach an alles gedacht zu haben.

Nach kurzem Überlegen entschieden sie sich für einen cremefarbenen Lexus, der in der Haupthalle stand. Rolfhardt Ethelbert Ronan von Schressen übernahm die Rolle des Chauffeurs, da er schon längere Zeit in London lebte und die Stadt dadurch sehr gut kannte. Der Schlüssel steckte und das Fahrzeug war auch schon voll aufgetankt.

Im Handschuhfach entdeckte Crystal eine kleine Fernbedienung, die wohl für das automatische Rolltor der Fahrzeughalle und das große, Schmiedeeiserne Gitter am Ende der Auffahrt gedacht war. Dass dies der Tatsache entsprach, bestätigte sich nur einige Momente später, als der Wagen aus der Fahrzeughalle rollte. Von Schressen steuerte den Lexus den Fahrweg hinauf, der vor der Garage entlang angelegt war. Auf der einen Seite des Hauses führte er nämlich unter das Erdgeschoss, und auf der anderen Seite ging es wieder nach oben.

„Sehr praktisch!", sagte Michael begeistert. „So steigt man trocken ein und aus."

„Und niemand sieht von außen, wer das Fahrzeug besteigt oder verlässt", ergänzte Rolfhardt die Vorzüge.

„Wo fahren wir jetzt hin?", wollte der ehemalige Versicherungsmakler von seinen beiden Freunden wissen.

„Ich dachte mir, dass wir zuerst uns zuerst ein paar Kreditkarten besorgen", schlug der weiße Vampir vor.

„Meinst du denn, die kriegen wir so einfach und schnell?", fragte Crystal zweifelnd.

Von Schressen lachte. „Lass die mal deine Bonität prüfen, Mädchen, dann sollst du mal sehen, wie schnell die uns die Kreditkarten zustecken. Zuwerfen wird man sie uns!"

„Ach ja...", Crystal musste ebenfalls lachen. „Ich habe ganz vergessen, dass ich ja jetzt ein paar Pfund auf dem Konto

habe."
„Ein paar Pfund ist gut!", meine Michael schmunzelnd. „Du bist ja reicher als die Queen."
Jetzt lachte alle drei. Die Fröhlichkeit tat ihnen gut und gab ihnen ein wenig Auftrieb angesichts der auf sie wartenden Gefahren.

Die Fahrt ins Stadtzentrum verlief ohne Probleme. Sie bezahlten ihre City Maut und Rolfhardt steuerte ein großes Einkaufszentrum an, von dem er wusste, dass dort mindestens zwei Kreditkartenfirmen Büros unterhielten. Was er vorausgesagt hatte, traf dann auch prompt ein. Zunächst reagierte man auf Crystals begehren, sofort drei Kreditkarten ausgestellt zu bekommen, sehr zurückhaltend. Man konnte den Angestellten ihre Gedanken dort regelrecht vom Gesicht ablesen. ‚Da könnte ja jeder kommen. Und dann auch noch Platin- Karten. Was denkt die, wer sie ist...'
Doch dann überreichte die junge Frau ihren Ausweis und bat um eine Bonitätsüberprüfung. Was dann kam, wäre filmreif gewesen. Die eben noch kühl und distanziert auftretenden Angestellten überschlugen sie plötzlich vor lauter Zuvorkommen.
„Sicher, doch. Sofort doch. Ein Gläschen Champagner, bis die Karten ausgestellt sind?"
In Rekordtempo hatten die drei dann schließlich ihre VIP-Platinum-Karten, jeweils ohne Limit, in den Taschen. Genau das gleiche Spiel wiederholte sich dann bei der zweiten Kreditkartenfirma. Kurze Zeit später steuerten Crystal, Michael und Rolfhardt, mit ihren neuen Zahlungsmitteln ausgestattet, im Lexus das nächste Ziel an - das Nobelkaufhaus Harrods. Wenn jemand Unmögliches möglich machte, dann dieses Haus. Außer dem Namen der Reederei hatten sie ja nicht viel anzubieten und brauchten fachkundige Hilfe. Und das Traditionskaufhaus bürgte für eine solche.
„Ich hätte nie vermutet, dass ein Vampir einen Reisepass

hat, wie wir normale Menschen auch", amüsierte sich Michael im Auto auf dem Weg dorthin. „Das zerstört irgendwie den ganzen Mythos!"

„Soll ich dich mal kurz zur Ader lassen, damit der Mythos wieder hergestellt ist?", konterte Rolfhardt.

„Bloß nicht!", wehrte Michael ab und machte mit den Fingern das Kreuzzeichen in Richtung des Vampirs.

„Kindsköpfe seid ihr!", meinte Crystal kopfschüttelnd, als die beiden Männer sich vor Lachen ausschütten wollten. „Richtige Kindsköpfe!"

Die restliche Fahrt verlief in entspannter Atmosphäre. In gelöster Stimmung betraten sie schließlich das kleine, aber feine Reisebüro im größten Kaufhaus Europas. Dort wurden sie höflich begrüßt und geflissentlich nach ihren Wünschen und Begehren befragt. Denn wer hier buchte, der ließ in aller Regel eine größere Summe Geldes springen.

„Hach wissen sie...", begann Crystal mit ein wenig gezierter Stimme, „Emelie Hotchkiss, eine gute Freundin von mir, liegt mir seit Wochen in den Ohren, dass ich sie doch auf eine Kreuzfahrt begleiten sollte. Die gute Emelie verreist so ungern allein." Sie lächelte den niedlichen Inder hinter dem Schreibtisch schmelzend an. „Aber ich war doch selbst bis gestern verreist. Und da ich früher nach Hause gekommen bin, als geplant, dachte ich mir, ich begleite Emelie doch noch auf ihrer kleinen Kreuzfahrt. Deswegen bin ich hier. Ich kann das doch hier buchen?"

Sie verstummte, zwinkerte kurz dem jungen Mann zu und blickte ihn dann erwartungsvoll an.

„Gewiss, gnädige Frau", erwiderte dieser und wirkte dabei etwas irritiert. „Auf welchem Schiff reist ihre Freundin denn?"

„Hachgottchen!", kicherte Crystal gekünstelt naiv. „Sie müssen ja auch wissen, wohin ich will, ich Dummerchen. Den Namen des Schiffes habe ich vergessen in der Eile. Aber es war eines von der Smodis Line Reederei."

„Na, das ist doch schon was!", meinte der Inder in der schmucken Harrods- Bekleidung. „Ich schaue mal im Computer nach, ob ich was erreichen kann."

Geschäftig klapperte die Tastatur und der Angestellte studierte mit konzentriertem Blick die Anzeigen aus seinem

Monitor.

Währenddessen stupste Michael dem weißen Vampir, der den hübschen Inder gar nicht mehr aus den Augen lassen wollte, mit dem Ellbogen in die Seite.

„Pass auf, du sabberst!", flüsterte er ihm kichernd ins Ohr.

„Oh, höre ich da Eifersucht aus deinen Worten heraus, liebster Michael?", antwortete von Schressen ebenso leise.

„Träum weiter!", entfuhr es dem Deutschen, was der weiße Vampir nur mit einem süffisanten Lächeln kommentierte.

„Smodis Line sagten sie?", meldete sich da der Harrods-Angestellte wieder zu Wort.

Crystal, der diese Rückfrage galt, nickte nur kurz zur Bestätigung.

„Hm", sagte der junge, dunkelhäutige Mann und runzelte dazu seine Stirn. „Da käme eigentlich nur die MS SERPENTIA in Frage. Die liegt momentan noch in Portsmouth vor Anker und soll in sechs Stunden auslaufen."

„Ja", klatschte Crystal begeistert in ihre Hände. „SERPENTIA, das muss das Schiff sein, das ich meine. Können sie uns drei Hübschen dort noch unterbringen?"

Der indischstämmige Angestellte tippte erneut auf dem Keyboard des Computers herum.

„Es ist nur noch eine Suite frei. Die kostet allerdings 25000 Pfund die Woche. Dafür hat sie aber drei Schlafzimmer, zwei Bäder, einen großen Salon und einen Balkon."

„Das ist ja ausgezeichnet. Die nehme ich!"

„Ich würde Ihnen die Suite ja gerne buchen, aber wie wollen sie es schaffen, rechtzeitig dort zu sein?", fragte der junge Mann zweifelnd nach.

Da meldete sich Rolfhardt zu Wort.

„Harrods hat doch einen Helikopter-Service. Es dürfte Ihnen doch keine Schwierigkeiten bereiten, uns einen Flug zu verschaffen, der uns rechtzeitig nach Portsmouth schafft."

„Selbstverständlich", antwortete der Mann. „Entschuldigen Sie bitte, dass ich daran nicht sofort selbst gedacht habe. Ich werde mich bemühen, alles zu Ihrer Zufriedenheit zu arrangieren!"

„Wenn Harrods das nicht schafft, wer schafft es dann?",

flötete Crystal zuckersüß mit filmreifen Augenaufschlag.

„Wie möchten die Herrschaften denn bezahlen?", erkundigte sich der Travel Agent bei den drei Geisterjägern. „Mit Plastik", entgegnete Crystal und schob ihm ihre nagelneue Platinumcard über den Tisch. „Ich mag Bargeld nicht. Wer weiß, wer das alles schon in den Fingern hatte, bis es bei einem im Täschchen landet!"

„Aber gerne", antwortete der Harrods-Angestellte und nahm die Karte entgegen, um sie zur Buchung durch den Kartenleser zu ziehen.

Nur kurze Zeit später waren alle notwendigen Arrangements getroffen. Die unlimitierte Kreditkarte erwies sich in jeder Beziehung als der beste Türöffner. Den Lexus konnten sie im Parkhaus des Kaufhauses stehen lassen. Im Harrods-eigenen Rollce Royce wurden sie zum nächsten Hubschrauberlandeplatz des Harrods Airservice kutschiert. Und nach nur eineinhalb Stunden befanden sich die drei in der Luft und auf dem Weg nach Portsmouth. Die Frage nach dem Gepäck hatte Crystal mit einem lapidaren „Ach was Gepäck – wir kaufen einfach was auf dem Schiff ein, das ist doch viel einfacher und bequemer", beantwortet.

„Du hast die überspannte Reiche aber ganz gekonnt gegeben", meinte Michael schmunzelnd, während sie in der bequemen und schallgedämpften Kabine des Passagierhubschraubers saßen.

„Man könnte glatt meinen, du warst schon immer reich. Wer ist eigentlich diese Emelie Hotchkiss?"

„Ach die!", sagte Crystal und winkte lachend ab. „Die habe ich ganz schnell erfunden. Ich glaubte mich vage an eine Englischlehrerin von mir zu erinnern, die so hieß. Und ehe ich es mich versehen habe, war der Name schon über meine Lippen geschlüpft."

„Dann besuchen wir jetzt also deine gute, alte Englischlehrerin auf der MS SERPENTIA, lachte Michael. „'SERPENTIA', ein seltsamer Name für ein Schiff", fügte er dann noch hinzu.

„Das will ich meinen!", meldete sich von Schressen zu Wort, „Das heißt nämlich so viel wie ‚Schlange'. Mit etwas guten Willen könnte man ja noch denken, es ist von den mythischen Meeresschlangen abgeleitet. Ich halte es eher für ein Omen – und beileibe nicht für ein gutes!"

„Ich wusste doch, dass irgendetwas meine gute Laune verderben würde", beschwerte sich Michael bei dem blonden, schlanken Mann. „Hättest du nicht etwas anderes erzählen können? Eine lustige Anekdote aus deinem Leben vielleicht?"

„Du verlangst von einem Vampir, er soll eine lustige Anekdote von sich erzählen?", fragte Rolfhardt irritiert. Und zu Crystal gewandt, sagte er: „Sag mal, hat der hübsche Knabe sie nicht mehr alle?"

Doch die machte nur ein amüsiertes Gesicht, äußerte sich aber nicht weiter dazu. Daraufhin warf Rolfhardt dem jungen Deutschen einen abschätzigen Blick zu und lehnte sich in seinen Passagiersessel zurück.

„Na, dann nicht", nuschelte Michael vor sich hin und widmete sich mit betonter Aufmerksamkeit dem Blick aus dem Kabinenfenster.

Den Rest des Fluges verbrachten die drei mehr oder weniger schweigend. Nicht, weil sie nicht miteinander sprechen wollten. Gesprächsthemen gab es ja schließlich genug. Es war vielmehr die Tatsache, dass ihr Ziel, die MS SERPENTIA, mit jeder Flugminute ein Stück näher rückte, und damit auch der noch unbekannte Feind. Sie wussten, dass eine Konfrontation unausweichlich war. Es wäre ihnen verdammt viel wohler gewesen, wenn sie das Wissen gehabt hätten, mit wem und auf was sie sich da einließen. Doch dass sie es nicht wussten, steigerte ihre Zuversicht nicht gerade. Und so wich der anfängliche Mut langsam einer Nervosität, die sich als eisiger Klumpen in Kehle und Magen sehr unangenehm bemerkbar machte, wobei der Vampir von Schressen auf Grund seiner Jahrhunderte langen Erfahrung davon wohl am wenigsten betroffen sein mochte.

„Verehrte Fluggäste, in wenigen Minuten werden wir in der Nähe des Piers landen, an dem die MS SERPENTIA vor Anker liegt", meldete sich schließlich ihr Pilot über die Kabinensprechanlage. „Wir hoffen, Sie hatten einen angenehmen Flug und wir würden uns freuen, Sie wieder einmal als Gast bei Harrods Aviation begrüßen zu dürfen. Bitte bleiben Sie noch angeschnallt, bis das entsprechende

Lichtsignal erloschen ist."

„Oh Mann!", schnaufte Michael, als der Hubschrauber den Boden berührte. „Jetzt wird es langsam ernst, Leute!"

Wenige Minuten später hatten sie die Sitzplätze im Helikopter gegen die eines bereitstehenden Taxis ausgetauscht, welches sie direkt zur Anlegestelle fuhr und vor der Passkontrolle mit angeschlossener Passagierbrücke in die nachmittägliche Sonne entließ. Dort standen sie nun und wirkten fast ein wenig verloren angesichts der riesigen Dimension des Passagierkreuzers. Oben an den Relings der verschiedenen Decks standen Leute und winkten fröhlichen anderen Leuten zu, die an der Hafenanlage standen und ihrerseits die Menschen auf dem Schiff mit dem Winken ihrer Hände grüßten. Alles wirkte bunt, und lustig, so als ob kein Schatten die muntere Szene trüben könnte. Und doch, da war etwas, was Crystal wie mit einem besonderen, zusätzlichen Sinn spüren konnte. Sie blieb stehen und starrte nach oben, ganz so, als könnte sie dieses unbestimmbare Gefühl in ihr mit ihren Blicken greifen. Michael Fux und Rolfhardt Ethelbert Ronan von Schressen waren schon losgegangen.

„Wie bekommen wir denn unsere Tasche mit der Ausrüstung an Bord", fragte Michael leise den Vampir, der das Gepäckstück trug, welches sie nach der Buchung im Reisebüro schnell noch aus dem Lexus geholt hatten.

„Oh, mach dir mal darüber keine Sorgen!", raunte Rolfhardt zurück. „Ich habe einen kleinen Schutzzauber darüber gesprochen, bevor wir losgefahren sind. Die beiden Typen an der Kontrolle werden nichts Ungewöhnliches entdecken."

Er bemerkte Michaels zweifelnden Blick

„Glaube mir, in über 200 Jahren schaut man sich den einen oder anderen Trick ab", fügte er beruhigend hinzu. „Es wird funktionieren!"

Er zückte bereits seinen Pass und Michael tat es ihm gleich. Erst da merkten sie, dass ihnen Crystal nicht zur Pass- und Ausreisekontrolle gefolgt war. Sie stand immer noch da, wo sie das Taxi verlassen hatten.

„Crystal, was ist denn?", rief ihr Michael fragend zu. „Wir sind die letzten. Das Schiff möchte bald ablegen!"

Doch die schlanke, 1,80 Meter große Frau stand einfach nur da und starrte in die Höhe. Michael runzelte die Stirn. Das seine Freundin sich so merkwürdig verhielt, verhieß mit Sicherheit nichts Gutes.

„Meine Schwester hat immer ein wenig Angst vor solch großen Schiffen", sagte er zu den Beamten im Kontrollhäuschen, die schon ganz fragend dreinschauten.

„Und dann macht sie eine Kreuzfahrt?", bemerkte einer der beiden Männer, ein großer, bulliger Typ mit der Figur eines Preisboxers zweifelnd.

„Aber ja, glauben Sie mir. Das kenne ich schon zur Genüge. Wenn sie erst mal an Bord ist, dann gefällt es ihr jedes Mal großartig und sie vergisst, dass sie sich ja eigentlich auf einem Schiff aufhält", erklärte Michael und versuchte sich in einem offenen, aufrichtigen Lächeln. „Ich werde sie mal schnell holen gehen."

Rasch lief er zu der wie in Trance da stehenden Crystal hinüber.

„Was ist denn los mit dir?", fragte er leise. „Die Typen da drüben fangen schon an, dumme Fragen zu stellen!"

Crystal löste ihren Blick vom Schiff und sah ihrem Gegenüber in die sanften, braunen Augen.

„Es liegt ein dunkler Schatten über dem Schiff, Michael!", sagte sie mit Grabes schwerer Stimme zu ihm. „Das Böse fährt dort mit!"

Der schlaksige Deutsche zog verwundert seine Augenbrauen in die Höhe.

„Öh, ja?", gab er verdutzt von sich. „Aber sind wir nicht deswegen überhaupt hier?"

Jetzt war Crystal an der Reihe, verdutzt aus der Wäsche zu schauen. Dann schüttelte sie ihren Kopf, das die roten Locken nur so herumwirbelten und musste trotz ihrer dunklen Vorahnungen lächeln.

„Wo du recht hast, hast du recht", meinte sie und hakte sich bei ihrem Weggefährten unter. „Schade, und ich dachte, ich könnte dich mit meinem Auftritt als Kassandra beeindrucken!"

Michael blinzelte ihr zu.

„Na, dann komm, Kassandra, lass uns endlich an Bord gehen, bevor ich es mir anders überlege und schreiend das

Weite suche."

Gemeinsam schlenderten sie in Richtung der Passkontrolle, wo von Schressen schon ungeduldig auf die beiden wartete.

„Wo bleibt ihr denn?", raunte ihnen Rolfhardt zu, als sie bei ihm an der Passkontrolle angelangt waren.

„Och, Crystal konnte sich einfach nicht vom Anblick des Schiffes losreißen", antwortete Michael leise. „Sie meinte, dass es mit Sicherheit das Richtige ist."

Dabei legte er eine besondere Betonung auf ‚das Richtige', woraufhin dem blonden Vampir gleich klar war, was er damit meinte.

Endlich checkten auch Crystal und Michael ein. Und tatsächlich, als die Beamten ihre kleine Reisetasche mit der Sonderausrüstung darin durch das Röntgengerät schoben, tat sich nichts. Ohne Beanstandungen bekamen sie das Gepäckstück wieder ausgehändigt.

„Den Trick musst du mir bei Gelegenheit beibringen!", sagte Michael begeistert, als sie die Gangway zum Schiff hoch stiegen. „Dann würden mir nämlich die Zollfreigrenzen nichts mehr ausmachen."

Sie beeilten sich, an Bord zu kommen. Dort wurden sie auch sogleich vom Zahlmeister in Empfang genommen.

„Hallo, da sind ja unsere letzten Gäste", rief er und eilte auf sie zu, um jedem die Hand zu schütteln. „Willkommen an Bord der MS SERPENTIA. Wir waren schon in Sorge, ob sie es noch rechtzeitig schaffen würden an Bord zu kommen, bevor das Schiff ablegt. Die Benachrichtigung von Harrods erreichte uns ja praktisch in letzter Minute. Aber es ist ja noch alles gut gegangen. Haben Sie denn gar kein Gepäck?"

„Vielen Dank für die freundliche Begrüßung mein Lieber", bedankte sich Crystal und verfiel sogleich wieder in den etwas überdrehten Tonfall, den sie auch im Reisebüro angewendet hatte.

„Und nein, wir haben kein Gepäck. Ich hasse die Kofferschlepperei. Es ist doch viel angenehmer, sich in den schicken Boutiquen an Bord das zu kaufen, was man für die Reise benötigt, nicht wahr?"

„Was für ein interessanter Standpunkt Lady...", er warf

einen raschen Blick auf sein Klemmbrett in der Hand, „...Lady Blair. Darf ich Sie und Ihre Begleiter nun zu Ihrer Suite führen?"

Er ging voraus und geleitete sie in Richtung der Aufzüge, welche die vielen Schiffsdecks miteinander verbanden.

„Ihre Superior-Suite befindet sich auf dem Penthouse-Deck dieses Schiffes", erklärte er dabei. „Sie haben ein großes Schlafzimmer mit einem Kingsize Bett, sowie zwei kleinere Schlafzimmer mit normalen Betten zur Verfügung. Des Weiteren ein Wohnzimmer mit Esstisch, eigenem, großen Balkon, eine Sitzecke, eine Bar, begehbare Kleiderschränke, raumhohe Fenster, Kühlschrank, DVD- Player und einen 1,20 Meter großer HD-Flachbildfernseher, sowie ein Luxusbad mit Whirlpool-Badewanne und separater Dusche. Außerdem steht Ihnen jederzeit ein Butler und ein Concierge-Service zur Verfügung."

„Hört sich das nicht alles wunderbar an, Schwesterherz?" antwortete Michael anstelle von Crystal. „Da fühlen wir uns doch gleich fast wie zu Hause, nicht wahr?"

„Ja, aber nur fast", meinte seine ‚Schwester', und gab sich alle Mühe, ein wenig hochnäsig zu klingen. „Es ist zwar nicht mit dem zu vergleichen, was ich zu Hause gewohnt bin, aber für den Urlaub ist es durchaus annehmbar."

Mit einem leisen ‚Ping' stoppte der Lift, und nahezu lautlos schob sich dessen Türen zur Seite und entließ Crystal und ihre Gefährten, sowie den Zahlmeister in eine kleine Halle, deren Boden mit einem geschmackvollen, kurzflorigen Teppich in hellen Brauntönen ausgelegt, und deren Wände mit edlem Holz vertäfelt war. Man sah auf einem Blick, dass sich hier die teuersten Kabinen an Bord des Kreuzfahrtschiffes befanden.

In der kleinen Halle hielt sich eine Gruppe junger Leute auf. Es waren drei Männer und drei Frauen. Ihre Augen richteten sich sofort taxierend auf die Neuankömmlinge. Auch die drei Kämpfer gegen das Böse schauten interessiert zu den sechs jungen Leuten herüber. Sie wirkten alle wie aus dem Ei gepellt und waren, wenn nicht genau gleich, so doch ziemlich ähnlich gekleidet. Alle hatten helle, blonde Haare und so ebenmäßige und anziehend wirkenden Gesichter, dass man meinen könnte,

43

sie hätten diese allesamt en gros in einem Versandhauskatalog bestellt. Michael merkte, wie sich ihm die Nackenhaare aufstellten und er eine Gänsehaut bekam.

„Das Dorf der Verdammten", murmelte er vor sich hin.

„Was hast du gesagt?", wollte Crystal wissen.

„Die sehen aus wie aus dem Film ‚Das Dorf der Verdammten', wo plötzlich und gleichzeitig fast zwillingshaft ähnliche Kinder geboren werden, die nur Böses im Sinn haben!"

„'The Ipswich Cuckoos'", sagte Crystal. "So heißt die Story im Original. Kenne ich natürlich auch, ist ja ein Klassiker. Und ich verstehe, was du meinst. Die sehen irgendwie... beunruhigend aus!"

Dann beeilten sich die beiden, dem Zahlmeister und Rolfhardt zu folgen, die schon einen Gang Richtung Heck entlang gegangen waren, an dessen Ende sich ihre Suite befand.

„Sagen sie Zahlmeister, wer waren denn diese jungen Leute da vorne in der Halle?", erkundigte sich Michael bei dem in eine weiße Uniform gekleideten Mann.

„Ach die? Das ist so ein High Society Club junger Leute. Die machen eine gemeinsame Kreuzfahrt."

„Wie groß ist denn diese Gruppe?", hängte Crystal noch eine Frage dran und hoffte, dass es nicht zu auffällig klang.

„Ich glaube es sind 18", antwortete der Zahlmeister freundlich und ohne zu zögern.

„So, und das wären dann Ihre Räumlichkeiten", sagte er anschließend, als er die Tür zu der Superior Suite geöffnet hatte. „Zu Ihrer Begrüßung finden sie eine gekühlte Flasche Champagner in der Bar, des weiteren Obst und Gebäck. Ein Schiffsplan liegt auf dem Wohnzimmertisch, dazu noch eine Übersicht über die Restaurants, die Veranstaltungen und das Casino an Bord. Sollten Sie Fragen haben, steht Ihnen der Concierge-Service Tag und Nacht zur Verfügung. Und wenn sie den Butler benötigen: ein kurzer Anruf genügt. Ich wünsche Ihnen einen angenehmen Aufenthalt an Bord!"

Mit diesen Worten verabschiedete er sich und zog wieder davon, seinen weiteren Aufgaben und Pflichten an Bord des Schiffes nachzugehen.

„Nicht schlecht, was?"

Rolfhardt drehte sich einmal um die Achse und ließ dann ihre Ausrüstungstasche auf den nächst stehenden Sessel fallen.

„Ja, toll", sagte Michael ohne rechte Begeisterung. „Sag mir lieber, ob dir die seltsamen Leutchen vorhin in der Halle, wo wir aus dem Aufzug kamen, aufgefallen sind!"

„Diese Truppe von gleich aussehenden Twens?", fragte von Schressen zurück. „Klar sind mir die aufgefallen. Die sind nicht ganz normal!"

„Wie meinst du das?", wollte Crystal wissen.

„Allein schon diese Gleichförmigkeit in Aussehen und Auftreten", erklärte der aus Wien stammende Mann. „Sie haben etwas Beunruhigendes an sich. Ich weiß nicht genau wie ich es beschreiben soll, aber ich denke, ‚dunkle Aura' trifft es am ehesten."

„Mir sind die Haare zu Berge gestanden", berichtete Michael. „Und wenn ich bedenke, dass sich 18 von diesen seltsamen Typen auf dem Schiff herumtreiben sollen, dann wird mir wieder ganz komisch."

„18 sagtest du?", hakte Rolfhardt grüblerisch nach.

„Ja, 18", bestätige der ehemalige Versicherungsmakler. „So hat es jedenfalls der Zahlmeister behauptet. Aber warum fragst du?"

„Nun, es gibt da etwas, was mich nachdenklich macht", antwortete Rolfhardt zögernd.

„Spann uns nicht auf die Folter!", verlangte Crystal. „Was macht dich nachdenklich?"

„Die vorhin waren zu sechst, richtig?"

Crystal und Michael nickten nahezu gleichzeitig.

„Und insgesamt soll es 18 von denen an Bord geben!"

„Ja doch, das sagte ich doch schon!", rief Michael ungeduldig. „Auf was willst du denn heraus?"

„Eine Sechsergruppe. Dreimal Sechs gibt achtzehn. Dreimal sechs. Die Zahl des Tieres. Eine Zahl des Bösen, wenn man so will!"

Die beiden jungen Leute blickten den über 200-jährigen Vampir bestürzt an.

„Du meinst, diese schrägen Typen...", begann Crystal stockend.

„...sind mit größter Wahrscheinlichkeit unsere Gegner an Bord", vollendete Rolfhardt mit düsterer Miene.

„Na Prost Mahlzeit!", gab Michael entmutigt von sich. „Drei gegen achtzehn. Kein gutes Verhältnis!"

„Nun schubs nicht gleich den Jäger ins Korn", versuchte ihn Rolfhardt daraufhin wieder aufzumuntern. „Drei ist eine positive Zahl, steht sie doch zum Beispiel für die Dreifaltigkeit. Im Namen des Vaters, des Sohnes und des Heiligen Geistes. Wenn wir zusammen halten und zusammen arbeiten, dann denke ich, dass wir eine reelle Chance haben, in diesem bevorstehenden Kampf zu bestehen!"

„Deine Zuversicht möchte ich haben!", meinte Michael. noch nicht recht überzeugt.

Von Schressen zuckte mit seinen Schultern.

„Und überhaupt, was soll mir groß passieren? Ich bin ja, streng genommen, eigentlich schon tot."

„Ha ha!", sagte Crystal mit blitzenden Augen. „Du tust wirklich alles, um uns zu beruhigen!" Mit diesen Worten knuffte sie ihn kräftig in die Seite.

Michael dagegen verkniff sich eine ‚körperliche Verwarnung'.

„Am Ende gefällt ihm das noch, und denkt der nachher, ich will mit ihm anbandeln", meinte er abwinkend, als ihn Crystal scherzhaft aufforderte, Rolfhardt übers Knie zu legen.

„Immerhin wissen wir jetzt schon mal, wen wir besonders im Auge behalten müssen", sagte Rolfhardt kurz darauf. „Das ist mehr, als wir erwarten konnten."

„Was das wohl für Gestalten sind?", stellte Crystal die Frage in den Raum.

Rolfhardt zuckte ratlos mit seinen Schultern.

„Ich kann nur eines mit Sicherheit sagen, dass es keine Vampire sind. Das hätte ich gespürt!"

„Irgendwie auch logisch", bemerkte Michael. „In diesem Fall ja kämen ja nur ‚böse' Vampire in Frage. Und die können sich ja deiner Mitteilung nach nicht bei Tageslicht herumtreiben."

„Gut aufgepasst, mein Freund", sagte der weiße Vampir mit leicht spöttischem Unterton. „Was mich umtreibt, ist die Frage, ob die schon gemerkt haben, dass wir deren Gegner sind."

„Das werden wir wohl darauf ankommen lassen, fürchte ich", seufzte Crystal.

In diesem Moment ertönte die Schiffssirene. Es war das Zeichen dafür, dass die MS SERPENTA jetzt ablegen würde. Crystal, Michael und Rolfhardt gingen hinaus auf den Balkon ihrer Suite. Und während sie den fröhlichen Menschen an Bord und auf dem Kai zusahen, wuchs in ihnen die Gewissheit, dass es von nun an kein Zurück mehr gab. Ihre Fahrt ins Ungewisse hatte begonnen.

Crystal, Michael und Rolfhardt befanden sich nun schon den zweiten Tag an Bord der MS SERPENTIA. Das Schiff hatte Southampton verlassen und steuerte nun an der französischen Atlantikküste entlang Richtung Mittelmeer. Die drei selbsternannten Jäger des Bösen hatten diese zwei Tage genutzt, um sich unauffällig an Bord des Kreuzfahrtschiffes umzusehen, und um sich einen Überblick zu verschaffen. Vor allem diese seltsamen ,Kuckucksmenschen', die ihnen gleich am ersten Tag aufgefallen waren, wollten sie im Auge behalten. Doch das Schiff war groß. Und wenn von diesem mysteriösen Frauen und Männern auch achtzehn an Bord waren, so verteilten sie sich doch recht großzügig über alle Decks, gingen quasi in der Masse der Menschen gleichsam unter. Eines stand aber bereits jetzt schon fest: etwas stimmte nicht mit diesen Leuten. Nicht nur, dass sie auffallend blass, blond, blauäugig und gutaussehend waren, nein, da war noch etwas anderes, etwas Dunkles. Eine Aura des Unguten umgab sie. Vor allem Crystal konnte das mit jeder Faser ihres Körpers spüren.

Die drei selbst ernannten Monsterjäger hatten sich nach dem Mittagessen in ihre gemeinsame Suite zurückgezogen, um sich in aller Ruhe unter sechs Augen beraten zu können.

„Und?", fragte die rothaarige Engländerin ihre beiden Freunde. „Was habt ihr herausgefunden?"

„Noch nicht sehr viel", gab Michael zerknirscht zu. „Das Schiff ist einfach zu groß, um alle von diesen Kuckucksmenschen im Auge zu behalten. Nur eines ist klar geworden: sie geben sich so betont unauffällig, dass es schon wieder verdächtig ist."

„Wie meinst du das?", wollte Rolfhardt Ronan Ethelbert von Schressen von dem schlaksigen Deutschen wissen.

„Nun", antwortete Michael, „sie unterhalten sich mit vielen Leuten, dringen aber nicht zu sehr auf sie ein. Es wirkt wie...", er zögerte, so, als müsse er nach der richtigen Beschreibung suchen für das, was er ausdrücken wollte. „...es wirkt wie ein abchecken."

„Abchecken?", echote Crystal aufhorchend.

„Ja, genau das trifft es", bestätigte der ehemalige Versicherungsmakler. „Sie unterhalten sich mit den Leuten an Bord, um sie einschätzen zu können. Leider war ich nicht in der Lage, einzelne Gespräche mit zu verfolgen", sagte er bekümmert. „Wenn ich mich unauffällig in deren Nähe begeben habe, brachen sie die Gespräche unter irgendwelchen Vorwänden ab und suchten das Weite. Gerade so, als könnten sie spüren, dass wir sie auf dem Kieker haben."

„Dem Kieker?", fragte Crystal verwirrt nach. „Was soll denn das sein?"

„Entschuldige, Crystal, das ist eine deutsche Redensart. Heißt so viel, das man jemanden verdächtigt und ihn ihm Auge oder unter besonderer Aufmerksamkeit behält."

„Hi hi", machte die Engländerin. „Komische Redensarten habt ihr auf dem Kontinent."

„Womöglich können sie dich tatsächlich spüren, Michael", mischte sich da Rolfhardt ins Gespräch. Er hatte ein nachdenkliches Gesicht aufgesetzt.

„Mich spüren?", fragte Michael. „Wie soll denn das gehen?"

„Nun, du trägst Schutzzeichen an dir", erläuterte der weiße Vampir seine Vermutung. „Die Kette mit dem magischen Drudenfuß um deinen Hals. Der Ring mit dem Silberkreuz am Finger. Und nicht zu vergessen, das Weihwasser, mit dem du dich besprühst, bevor du die Kabine verlässt."

„Das hast du bemerkt?", sagte Michael verlegen.

„Natürlich!", lachte Rolfhardt. „Du hast dich dabei so unauffällig benommen, wie ein Elefant im Porzellanladen. Aber lass gut sein: schaden tut es in keinem Fall. Eher im Gegenteil."

„Na, dann ist ja gut." Michael war erleichtert. Er hatte schon befürchtet, dass die beiden ihn für übervorsichtig halten könnten. „Und was hast du herausgefunden, Rolfhardt?"

Von Schressen lehnte sich in den bequemen Ledersessel zurück, schlug seine Beine übereinander und verschränkte die Hände hinter dem Kopf.

„Ich habe mich darum bemüht, herauszufinden, was denn so für Leute an Bord des Schiffes sind."

„Und?"

Crystal blickte den Mann mit dem schulterlangen, hellblonden Haar erwartungsvoll an. Auch Michael machte ein neugieriges Gesicht.

„Nun, die meisten sind ganz normale Leute, wie du und ich." Er hielt inne und musste dann herzhaft lachen.

„Sagte ich gerade ‚normale Leute wie ich'?"

Crystal und Michael stimmten in sein Gelächter mit ein. Als sich die drei wieder beruhigt hatten, fuhr Rolfhardt zu berichten fort.

„Ich habe mich ein bisschen mit dem Zahlmeister unterhalten. Nach seinen Auskünften sind die meisten ganz normale Passagiere. Wir haben Rentner, Ehepaare auf Hochzeitsreise, wobei eines dabei ist, welches ihre Goldene Hochzeit an Bord feiert. Ein katholischer Pastor ist an Bord und eine Gruppe junger, weiblicher Pfadfinderinnen, die die Reise gewonnen haben. Dem Zahlmeister ist nur eines merkwürdig vorgekommen."

„Und das wäre?", fragte Michael gespannt.

„Bis vor wenigen Tagen waren nur etwa 70 Prozent der Betten an Bord ausgebucht. Doch dann, in nur wenigen

Tagen, folgte Buchung auf Buchung, wobei bei fast allen im Raume stand, dass man sich kurzfristig entschlossen habe, oder ‚es einfach so über einen gekommen wäre'." Rolfhardt blickte seine beiden Gefährten bezeichnend an. „Und da dachte ich mir: Nachtigall, ich hör dich trapsen!" Crystal schüttelte ihren Kopf.

„Schon wieder so ein deutsches Sprichwort?", fragte sie.

„Wenn schon, dann Österreichisches, bittschön", wehrte sich von Schressen mit gespielter Empörung und breitem Wiener Dialekt.

„Wenn ich das so höre, kommt es mir wirklich so vor, als seien eine ganze Menge Leute irgendwie beeinflusst worden, kurzfristig für die SERPENTIA zu buchen", überlegte Crystal laut. „Das passt alles zu meinem Alptraum!"

„Apropos Alptraum...hast du die Oma von diesem Mädchen, dieser Belinda aus deinem Alptraum, schon unter den Passagieren entdecken können", erkundigte sich Michael bei der Freundin.

Die Engländerin nickte. „Ja, ich denke, das habe ich", antwortete sie. „Sie stand in einer der Boutiquen auf der Mall und unterhielt sich mit einer Verkäuferin. Ich konnte ein wenig mithören."

„Ja, und?"

„Sie hat vor, heute Nachmittag auf dem Liegestuhldeck die Sonne und die frische Luft bei original englischem Cream Tea zu genießen."

„Und da wirst du ihr bestimmt Gesellschaft leisten?", wagte Michael eine Prognose.

„Worauf du dich verlassen kannst", erwiderte Crystal ernst. „Schließlich hat mich die kleine Belinda in meinem Traum darum gebeten. Und deswegen sind wir ja auch hierher an Bord des Schiffes gekommen."

Sie warf einen Blick auf ihre schicke Armbanduhr. Das sündhaft teure Stück hatte sie sich am Vormittag in einer der Schiffsboutiquen gekauft.

„Es wird Zeit, dass ich mich dafür umziehe", meinte sie dann. „Und was werdet ihr beiden heute Nachmittag noch unternehmen?"

„Natürlich bleibe ich unseren Blondies auf den Fersen",

antwortete Michael und erhob sich. „Komm mit, Rolfhardt, zu zweit sehen wir mehr!"
Der weißen Vampir nickte, und während sich Crystal in den begehbaren Kleiderschrank der Suite begab, schickten sich die beiden Männer an, erneut das Schiff zu durchstreifen, um mögliche Hinweise darauf zu finden, was die achtzehn Kuckucksmenschen vorhatten.

Etwas später steuerte sie einen kleinen Bereich auf einem der Freizeitdecks des Kreuzfahrtschiffes an, wo sich Liegestühle aneinanderreihten, mit kleinen Tischchen dazwischen. Hier fanden sich die Passagiere wieder, die es genossen, Luft, Sonne und Meer abseits vom allgemeinen Trubel zu genießen. Crystal trug ein kirschrotes Kostüm, dessen Saum, die kurzen Ärmel und das Dekolleté von schwarzen Samtbändern gerahmt wurden. Auf dem Kopf hatte sie den dazu passenden Hut mit breiter Krempe. Ihr Haar trug sie dunkel. Sie hatte die Farbe geändert, wie an dem Tag, als sie zusammen mit Michael aus dem Haus des schwarzen Earls geflohen war. Es ging ganz leicht und ohne Schwierigkeiten. Sie dachte nur an die gewünschte Farbe, konzentrierte sich kurz, und schon war ihr Haar dunkelbraun, fast schwarz, mit einem märchenhaft seidigen Glanz. Danach hatte sie sich erneut gefragt, wer sie eigentlich war, wenn ihr solche Dinge wie das Verändern der Haarfarbe und das Öffnen von verschlossenen Türen spielend von der Hand ging. Ganz zu schweigen von dem Wissen um und über Blair House, welches ihr aus unbekannter Quelle einfach zuzufließen schien. Als um einiges drängender empfand sie allerdings die Frage, welche Überraschungen ihr wohl in dieser Hinsicht noch bevorstanden. Doch dann hatte sie die düsteren Gedankengänge abgeschüttelt und sich auf das konzentriert, was sie an diesem Nachmittag vor hatte.
Zielgerichtet steuerte sie das Sonnendeck an, auf dem die

ältere Frau saß, von der sie wusste, dass sie die Großmutter des Mädchens Belinda aus ihrem Alptraum war. Die weißhaarige Dame hatte es sich im Schatten eines Sonnenschirmes auf einer der vielzähligen Polsterliegen bequem gemacht und las in einem Buch. Sie trug ein hübsches, geblümtes Sommerkostüm. Crystal registrierte befriedigt, dass der Liegestuhl neben ihr frei war. Geradewegs steuerte sie auf die in ihr Buch vertiefte ältere Frau zu.

„Entschuldigen Sie, ist der Liegestuhl neben Ihnen noch frei?", sprach Crystal die ältere Dame möglichst freundlich an.

Diese schaute von ihrem Buch auf und musterte Crystals Erscheinung kurz mit einem Blick aus warmen, dunkelbraunen Augen. Dann lächelte sie, was ihre sehr weichen, mütterlichen Gesichtszüge auf angenehme Weise noch sympathischer wirken ließ.

„Aber natürlich, junge Dame", antwortete sie mit sanfter Stimme. „Nehmen Sie ruhig Platz."

„Zu liebenswürdig", bedankte sich Crystal und ließ sich auf das Polster des bequemen Liegestuhls sinken.

„Ahhh...", seufzte sie dann wohlig, „Ist das nicht herrlich, so eine Kreuzfahrt? Ich liebe diese Mischung aus Sonne, Luft, Meer, Unterhaltung und Entspannung."

Crystal wendete ihr Gesicht zu der Frau auf dem Stuhl neben sich und schenkte ihr ein freundliches Lächeln. „Und Sie? Machen Sie öfters Kreuzfahrten?"

Die Dame schaute erneut auf.

„Wer ich?", antwortete sie überrascht. „Du liebe Güte, nein! Das ist meine allererste Kreuzfahrt überhaupt."

„Oh, die erste Kreuzfahrt? Dann ist das ja ganz etwas Besonderes für Sie." Crystal setzte sich auf und reichte der Dame die Hand. „Mein Name ist übrigens Crystal Blair", stellte sie sich vor.

„Victoria Kershaw", gab die Dame zur Antwort und ergriff Crystals Grußhand. „Angenehm. Und ja, Sie haben Recht, Mrs. Blair, es ist schon etwas Besonderes."

Mrs. Kershaw wiegte bedächtig ihren grauschwarz gelockten Kopf. „Es sollte jedenfalls etwas Besonderes sein", setzte sie dann noch hinzu.

„Oh oh", machte Crystal. „Sonderlich begeistert hört sich das aber nicht an."

Belindas Oma seufzte tief. „Wenn ich ehrlich bin, dann tut es mir schon ein wenig um das viele Geld leid, das diese Kreuzfahrt kostet." Sie legte ihr Buch beiseite und setzte sich auf. „Eigentlich kann ich mir so etwas ja gar nicht leisten", fuhr sie zu erzählen fort. „Wissen Sie, ich habe nur eine kleine Rente. Außer dem Haus, in dem ich mit der Familie meiner Tochter zusammen lebe, besitze ich nicht sonderlich viel. Diese Kreuzfahrt hier kostet mich viel von meinem mühsam Ersparten. Daran muss ich unentwegt denken, seit ich an Bord bin. Und deswegen kann ich mich auch gar nicht so richtig freuen." Die ältere Dame blickte Crystal bekümmert an.

„Darf ich fragen, wieso Sie dann diese Reise überhaupt gebucht haben?", erkundigte sich Crystal behutsam.

„Wenn ich das bloß wüsste!", entgegnete ihr Belindas Großmutter seufzend.

„Das verstehe ich jetzt aber nicht", meinte Crystal und schaute so verwirrt drein, wie es ihr möglich war

Mrs. Kershaw zuckte ratlos mit ihren Schultern. „Ich habe mich erst zwei Tage vor dem Ablegen des Schiffes zu der Reise entschlossen", sagte sie.

„So kurzfristig? Also, das passt eher zu mir als zu Ihnen, wenn ich das mal so sagen darf."

„Da haben Sie nicht ganz Unrecht, Mrs. Blair. Aber an diesem Tag...welcher Teufel mich da geritten hat, das möchte ich nur zu gerne wissen!"

‚Ich auch', dachte Crystal bei sich, und laut sagte sie: „Und wie sind Sie nun zu der Idee mit der Kreuzfahrt gekommen?"

„Hm...das war irgendwie schon komisch."

„Komisch?"

„Na ja, ich kam gerade aus einer Sitzung unseres Wohlfahrtskomitees, von welchem ich die Vorsitzende bin", begann Mrs. Kershaw zu erzählen. „Jedenfalls stand da ein adretter junger Mann in der Fußgängerzone und verteilte wohl Flugblätter."

„Waren Sie sich da nicht sicher?", fragte Crystal nach.

„Nun, er hatte nur noch eines davon. Und das drückte er

mir in die Hand. Und er bemerkte dazu, dass ich mir mal etwas gönnen solle und auf dem Schiff könne ich was erleben."

„Mehr nicht?"

Mrs. Kershaw überlegte kurz.

„Nein, mehr nicht", antwortete sie dann bestimmt. „Ich stand dann da, starrte auf das Flugblatt in meiner Hand, und ich fand alles, was darauf stand, plötzlich sehr, sehr verlockend. Dann wollte ich das Flugblatt in den nächsten Mülleimer werfen. Aber..."

„Aber?"

„Das ging nicht. Ich brachte es einfach nicht fertig, mich von diesem Stück Papier zu trennen. Also habe ich es in meine Tasche gesteckt und bin zum Busbahnhof gelaufen, um nach Hause zu fahren."

„Und was geschah dann?", fragte Crystal die alte Dame gespannt.

„Mir ging die ganze Sache nicht mehr aus dem Kopf. Ich konnte nur noch an das Schiff, an die Kreuzfahrt denken. Und in der Nacht habe ich von einer herrlichen Seereise geträumt. Als ich dann am nächsten Morgen aufstand, konnte ich nicht mehr anders: ich musste die Reise einfach buchen. Also habe ich angerufen...und jetzt sitze ich hier und schütte einer reizenden jungen Dame mein Herz aus." Sie senkte beschämt ihren Blick. „Sie müssen mich ja für eine total überspannte, alte Schachtel halten!"

„Aber nein!", entgegnete ihr Crystal entschieden. „Jeder macht doch mal spontan etwas, was er vielleicht schon einen Moment später bereut. Jetzt sind Sie hier, die Reise ist bezahlt, also entspannen Sie sich und versuchen Sie, das Beste aus der Sache zu machen."

Belindas Großmutter seufzte noch einmal.

„Wenn Sie meinen...", sagte sie, aber so richtig überzeugt klang es doch noch nicht.

„Wissen Sie was, Mrs. Kershaw – ich habe großen Appetit auf eine gute Tasse Tee, auf Gurkensandwiches und auf frisch gebackene Scones mit fester Schlagsahne und Marmelade", sagte Crystal dann, entschlossen, die alte Dame ein wenig aufzumuntern und dabei nähere Kontakte zu knüpfen. „Wollen Sie mich nicht in das Bordcafé begleiten?"

Das Gesicht der Angesprochenen hellte sich auf.

„Eine wirklich gute Idee", stimmte sie begeistert zu. „Gegen einen Tee hätte ich auch nichts einzuwenden. Es ist sehr lieb von Ihnen, dass ich mit Ihnen kommen soll. Ich begleite Sie sehr gerne!"

Die beiden Frauen erhoben sich, Crystal hakte sich bei Mrs. Kershaw unter, und dann strebten beide dem Deck zu, auf welchem sich die Restaurants, Cafés und Speisesäle befanden. Was beide nicht sahen, war, dass ihr Abgang beobachtet wurde. Denn am anderen Ende des Bereiches mit den Liegestühlen, saß eine junge Frau. Sie war schlank, blond, und hatte ein anziehend hübsches Gesicht, welches so ebenmäßig aussah, dass es fast schon wieder unnatürlich wirkte. Der Blick aus ihren schwarzen Augen hatte etwas Kaltes und Stechendes. Und dieser Blick heftete sich an die Gestalt von Mrs. Kershaw, die zusammen mit Crystal soeben das Deck verließ. Ein böses, hämisches Grinsen umspielte die Lippen der blonden Frau, negierte damit die Schönheit ihres Gesichtes. Dann erhob sie sich und verließ ebenfalls das Sonnendeck.

Während Crystal mit Mrs. Kershaw zum Tee ging, und Michael mit Rolfhardt weiter das Schiff und die Passagiere erkundete, trafen sich an anderer Stelle achtzehn blonde, schwarzäugige Gestalten in einer Kabine der unteren Decks, welche eigentlich dem Bordpersonal vorbehaltener Bereich war. Sie waren in schwarze Kutten gekleidet, die bis zum Boden reichten und den ganzen Körper verhüllten. Auch Decke, Boden und Wände des Raumes zeigten durch und durch die Farbe Schwarz. Genau in der Mitte des Fußbodens befand sich ein etwa siebzig Zentimeter durchmessender, golden schimmernder Kreis, dessen Rand mit einer Vielzahl seltsamer und fremdartig anzusehender Symbole ausgefüllt worden war, während im Inneren ein Drudenfuß prangte. Dicke, schwarze Kerzen spendeten ein trübes, flackerndes Licht, was die ebenmäßigen und schönen Gesichter der Anwesenden unter ihren Kapuzen zu hässlichen Fratzen verzerrte. In jeder der vier Ecken des Raumes standen kleine Feuerschalen auf kniehohen Dreibeinen, angefüllt mit glühender Holzkohle, in der verschiedene Kräuter verbrannt wurden. Sie füllten die Luft mit herbsüßen und zugleich doch muffig und tot wirkenden Düften, die sich schwülstig und schwer auf die Sinne legten, benebelten und einlullten.

„Sahlee, meinst du, dass er kommen wird?", fragte einer der anwesenden Männer die Frau, die der Kabinentür am nächsten stand.

„Du bist so ungeduldig, Markaa", antwortete sie mit leicht spöttischem Unterton in ihrer Stimme.

„Die Zeit wird knapp. Wir müssen mit dem Ritual beginnen!", verteidigte Markaa seine Nachfrage.

„Der Typ ist so geldgeil, der kommt garantiert", beruhigte Sahlee den Mann. „Eine durch und durch verdorbene Seele in einem schönen Behälter."

„Also genau das Richtige für unser Ritual", lachte Markaa gehässig, und Sahlee stimmte in das Gelächter mit ein.

Ein Klopfen an der Kabinentür ließ die beiden verstummen. Wie auf ein Kommando wendeten sich nun auch die Gesichter der sechzehn anderen Anwesenden in Richtung des Einganges.

„Siehst du, Markaa, da ist er schon. Wie ich es angekündigt habe." Und zu den anderen gewandt, sagte sie: „Los, nehmt eure Plätze ein!"

Markaa und seine Gefährten gruppierten sich nun kreisförmig um das Symbolfeld auf dem Boden. Zudem zogen sie die Kapuzen ihrer schwarzen Kutten tiefer über ihre Köpfe, so dass ihre Gesichter nicht mehr zu erkennen waren, weil sie vom Stoff der Kapuzen beschattet wurden. Als das geschehen war, öffnete Sahlee, die als einzige ihren Platz im Kreis noch nicht eingenommen hatte, die Kabinentür. Auf dem Gang davor stand ein schlanker, sehr athletisch gebauter, etwa dreißigjähriger Mann. Er hatte ein ausnehmend hübsches, sehr anziehend und männlich wirkendes Gesicht. Hellblaue Augen bildeten einen interessanten Kontrast zu seinem kurz geschnitten getragenen, dunkelbraunen Haar. Bekleidet war der Mann mit Sportschuhen und einer eng anliegenden, weißen Jeans, die auf fast schon obszöne Weise seine darunter verborgenen Genitalien sowie den Po betonte. Den Oberkörper bedeckte ein hellblaues, auf Figur geschnittenes T-Shirt, das jeden Muskelstrang seines ausgeprägten Six-Packs und die Brustwarzen deutlich hervortreten ließ. Das schwarze Emblem der Smodis-Line auf dem Shirt wies den Mann als Angehörigen der Crew aus. Er stand in lasziver Haltung auf dem Gang und kratzte sich ungeniert an der vorderen Auswölbung seiner Hose.

„Hier bin ich, Madame", sagte er, als ihm Sahlee die Tür geöffnet hatte.

Diese betrachtete ihn kurz und für einen Moment flackerte so etwas wie Gier in ihrem Blick auf. Doch sie beherrschte sich sogleich wieder und nickte dem Mann nur kurz zu.

„Dann komm rein", forderte sie den Ankömmling auf.

Doch dieser blieb stehen und steckte stattdessen die Hand mit der Handfläche nach oben in ihre Richtung aus.

„Erst die Knete, sonst geht gar nichts", forderte er ungerührt.

Stirn runzelnd griff Sahlee in eine Tasche ihrer Kutte und zog zwei gelbe Euroscheine daraus hervor.

„400 Euro, wie vereinbart", sagte sie, während sie ihm die Scheine reichte.

Ihr Gegenüber nickte breit grinsend und ließ die beiden Zweihunderter flink in einer seiner Hosentaschen verschwinden. Dann trat er federnden Schrittes ein, ganz in der Manier eines Mannes, der sich seiner Wirkung auf die Umwelt durchaus bewusst war. Sahlee schloss rasch die Kabinentür hinter ihm.

„Das ist ja voll krass!", entfuhr es dem Besatzungsmitglied, als er sich im Inneren des Raumes umgeschaut hatte. „Was für ein seltsamer Verein seid ihr bloß?", richtete er eine Frage an Sahlee.

„Keine Fragen – so war es vereinbart", antwortete diese mit kalter Stimme. „Oder sollen wir die Sache abblasen?"

„Ok, Ok!", rief der Mann schnell und hob abwehrend seine beiden Hände. „Ist ja schon gut. Dachte ja nur...aber anstatt abzublasen könntest du mir doch einen blasen...

vielleicht turnt das euren Verein noch stärker an, als meine Solo- Show..."

„Für den Anfang machen wir es erst mal so, wie ich es mit dir besprochen habe, mein Freund", verlangte Sahlee. „Und dann sehen wir weiter", fügte sie dann noch mit zweideutigem Lächeln hinzu. „Mach dich jetzt bitte fertig und begib dich in den inneren Kreis. Wir wollen anfangen!"

„Keine Hektik, ich mach ja schon!", beschwichtigte der Schönling.

Dann schlüpfte er aus seinen Kleidern, die er ordentlich zu einem kleinen Haufen neben der Kabinentür schichtete. Dabei beobachtete er kopfschüttelnd die anwesenden Kuttenträger.

„Was für Freaks!", murmelte er selbstgefällig vor sich hin. „Wenigstens zahlen sie anständig."

Nachdem er seine Kleidung abgelegt hatte, schritt er völlig nackt und unbefangen durch die Lücke im Ring der Leiber hindurch und stellte sich in die Mitte des auf dem Boden aufgemalten Kreises mit den Symbolen darin auf. Gleichzeitig trat Sahlee zu ihren Gefährten in den Ring und schloss die Lücke im Rund der Kuttenträger. Gemeinsam beobachteten jetzt die Achtzehn, wie sich der Mann in ihrer Mitte aufreizend zu bewegen begann. Dabei streichelte er sich und nahm immer neue, aufreizendere Posen ein. Er tat dies mit der Selbstverständlichkeit eines Mannes, der sich seiner Anziehungskraft und seines schönen Körpers durchaus bewusst war, und der sich nicht scheute, diese Attribute einzusetzen, wenn es dabei Geld zu verdienen gab. Die achtzehn Vermummten stimmten nun ein monotones Gemurmel an. Außerdem versetzten sie ihre Oberkörper in wiegende Bewegungen.

Während sich die sexuelle Erregung des nackten Mannes in ihrer Mitte steigerte, nahm auch die Lautstärke der gemurmelten Worte zu. Zugleich setzte sich der Ring aus Leibern in Bewegung. Sie tanzten nun Schrittweise um das Zentrum herum. Ihre Arme reckte sich abwechselnd zur Mitte und nach oben.

Der Mann im Zentrum fand das zwar irgendwie freaky, zugleich machte ihn die Sache aber auch an. So fiel ihm die Selbststimulation nicht schwer. Und während der

Singsang der Kuttenträger und ihre Bewegungen dazu immer ekstatischer wurden, masturbierte und streichelte sich der Seefahrer langsam seinem Höhepunkt entgegen. Als sich seine Anspannung endlich entlud, warfen die Kuttenträger wie auf Kommando ihre Kapuzen in den Nacken.

„Asmodai, wir bringen dir dieses Opfer", ertönte unisono ein Schrei aus achtzehn Kehlen.

Dann fixierten achtzehn Augenpaare den heftig atmenden Mann in ihrer Mitte. Dieser hatte gerade den süßen Rausch des Orgasmus überwunden, als ihm bewusst wurde, dass sich die Stimmung im Raum verändert hatte. Er öffnete seine Augen, die er kurz vor erreichen seines Höhepunktes geschlossen hatte, und starrte zu bösartigen Fratzen verzerrte Gesichter hin.

„Was ist denn jetzt los?", entfuhr es ihm, verunsichert und erschrocken zugleich.

Doch anstatt einer Antwort begannen die Kuttenträger nun, sich langsam auf den Mann zuzubewegen. Gierig streckten sie ihre Hände nach ihm aus.

„He, flippt ihr jetzt total aus, oder was soll das?"

Angst schwang in der Stimme des Matrosen mit. Er drehte sich um seine eigene Achse, doch der Ring aus Leibern um ihm herum ließ ihm keinen Fluchtweg offen.

„Rührt mich nicht an!", schrie er ihnen wütend entgegen.

„Das hatten wir nicht ausgemacht. Ich werde..." Der letzte Satz blieb ihm förmlich im Hals steckten. Mit entsetztem Gesichtsausdruck sah er, wie die Augen der achtzehn Menschen um ihn herum von innen heraus in einem hellen Rot zu leuchten begannen. Sein Herz begann vor Angst wie rasend zu schlagen. Er hatte das Gefühl, als wollten seine Beine ihm den Dienst versagen.

Mehrmals drehte er sich gehetzt und hektisch um seine eigene Achse, doch überall waren nur noch die unheimlichen Gesichter mit den satanisch rot glühenden Augen um ihn herum. Die ersten Finger berührten seinen Körper, eiskalt und brennend heiß zu gleich. Ein schriller Angstschrei löste sich aus der Kehle des Mannes. Voll Todesangst warf er sich gegen den Ring aus Leibern, doch es gelang ihm nicht hindurch zu brechen. Immer enger zog sich der Kreis aus Körpern um ihn zusammen. Adrenalin jagte durch alle Adern und Venen, ließen sein Herz rasen. Das Blut rauschte ihm in den Ohren, während ihm vor Angst abwechselnd kalt und warm wurde. Er schloss kurz seine Augen und wünschte sich verzweifelt, dass alles nur ein böser Traum wäre, aus dem er gleich aufwachen würde. Doch nichts war vorbei, als er die Augen wieder aufriss. Im Gegenteil, der Alptraum wurde schlimmer. Die geifernde Masse der Kuttenträger verwandelte sich in Schrecken erregende Kreaturen. Die greifenden Finger wurden zu langen, messerscharfen Klauen, die seine Haut aufritzten und ganze Stücke aus seinem Muskelfleisch rissen. Noch einmal stieß der einstmals hübsche Matrose einen hohen, schrillen Schrei aus, der sich immer weiter in eine wahnsinnige Höhe schraubte, bis er schließlich in einem schaurigen Röcheln und Gurgeln abbrach. Nur noch das Bersten von Knochen und das gierige Schmatzen und Schlürfen der achtzehn unmenschlich veränderten Gestalten füllte die schwarze Kabine aus. Und der ehedem goldene Kreis am Boden glänzte dunkelrot vor Blut im Schein der schwarzen Kerzen. Die Ernte konnte beginnen...

Es war eine Nacht, in der die Dunkelheit schlagartig finsterer zu werden schien. Eine Nacht, in der sich eine böse Vorahnung zur grausamen Wahrheit verdichtete und Bosheit und Verdorbenheit sich wie eine Glocke aus schwarzem Dunst über das Kreuzfahrtschiff MS SERPENTIA senkten, in die Köpfe der Menschen an Bord kroch und deren Gedanken vergiftete. Es war eine Nacht, in der Böses geboren wurde. Es war die die Nacht, in der die Ernte beginnen sollte...
Mit einem leisen Schrei auf seinen Lippen schreckte Michael Fux aus dem unruhigen Schlaf auf, in welchem er sich auf seiner bequemen Matratze hin und her gewälzt

hatte. Der junge Deutsche setzte sich ruckartig kerzengerade auf. Sein Herz schlug und hämmerte wild gegen seine Brust, gerade so, als wolle ihm es im nächsten Moment daraus hervorspringen. Er atmete stoßweise, und seine Stirn war schweißbedeckt. Mit weit aufgerissenen Augen stierte er in die Dunkelheit seines Schlafzimmers, Teil jenes Luxusappartements, welches er zusammen mit Crystal und Rolfhardt an Bord des Kreuzfahrtschiffes MS SERPENTIA bewohnte.

War da nicht eine finstere Gestalt, die in der Ecke des Raumes auf ihn lauerte, ihre gierigen Krallen nach dem ehemaligen Versicherungsmakler ausstreckte? Hörte er nicht schon ein eiskaltes Lachen und ein widerliches Schmatzen? Die Finsternis schien immer neue, noch schrecklichere Formen annehmen zu wollen. In aufkeimender Panik tastete Michael über den Nachttisch neben seinem Bett. Mit zitternden Fingern suchte er nach dem Lichtschalter. Schon meinte er, eine der dunklen Umrisse, die er zu sehen glaubte, wollte sich auf ihn stürzen.

„Ah!", entfuhr ihm voller Angst ein erstickt klingender Schrei, als seine Finger endlich den rettenden Schalter gefunden hatten. Warmes Licht flammte auf, flutete das Schlafzimmer und vertrieb schlagartig die bösen Schatten der Nacht.

Michael atmete schwer und keuchend. Er zog die Beine an und schlang seine Arme darum, als könnte er damit dem Schlottern und Zittern, welches seinen Körper vom Zeh bis zum Scheitel anfüllte, Einhalt gebieten. Aber die Angst und Panik, die ihn wie ein wildes Tier angefallen hatten, wollten partout nicht von ihm weichen. Immer noch fühlte er sich wie gelähmt. Der junge Mann spürte, dass etwas an Bord des Schiffes vor sich ging, was mit rationalen Erklärungen nicht beschrieben werden konnte. Auf unbegreifliche Weise schien ihm klar zu sein, dass die bösen Mächte der Finsternis zum Angriff übergegangen waren. Ein Brodem von Schwärze war über die MS SERPENTIA gefallen und führte das Schiff in direkter Fahrt auf einen unergründlichen Abgrund zu. Michael hatte Angst. Tiefe, kreatürliche Angst um sich, um Crystal, ja sogar um den weißen Vampir Rolfhardt Ethelbert Ronan von Schressen. „Worauf haben wir uns da bloß eingelassen?", flüsterte er leise vor sich hin. „Wir haben doch keine Ahnung, wie wir die finsteren Mächte bekämpfen sollen!"

Er versuchte, sich zu beruhigen, indem er langsam und kontrolliert ein- und ausatmete. Doch es wollte ihm einfach nicht gelingen, die Panik in ihm zu besiegen.

„Rolfhardt ist der einzige von uns, der vielleicht weiß, wie man mit den dunklen Kreaturen umgehen muss", führte er sein Selbstgespräch weiter.

Da kam ihm ein Gedanke, den er noch ein paar Stunden zuvor empört abgelehnt hätte. Er würde zu Rolfhardt ins Zimmer gehen und ihn bitten, dort den Rest der Nacht verbringen zu dürfen. Vielleicht gelänge ihm es, sich in der Gegenwart des weißen Vampirs wieder zu beruhigen. Gegen seinen Willen musste Michael kurz lachen. Allerdings hatte dieses Lachen akustisch mehr Ähnlichkeit mit einer Art trockenen Schluchzens.

„Wie seltsam sich das anhört", murmelte er dann zu sich selbst. „Ich gehe zu einem Vampir, um mich zu beruhigen."

Langsam löste er seine Arme, die er um die beiden Knie geschlungen hatte und setzte sich an den Bettrand. Als er sich erhob, kam es ihm vor, als bestünden seine Beine nur noch aus Pudding, der sofort nachgeben wollte. Doch er riss sich zusammen und stakste dann fast ein wenig unbeholfen durch den Schlafraum zur Tür. Michael öffnete sie einen Spalt und spähte hindurch. Im luxuriösen Wohnraum herrschte ein leichtes Dämmerlicht, hervorgerufen durch die Schiffsbeleuchtung, die teilweise durch die großen Fenster ins Innere des Raumes drang. Der schlanke Deutsche registrierte es mit Erleichterung. Dabei fühlte er sich nicht ganz so verängstigt, wie es wohl der Fall gewesen wäre, hätte im Wohnraum tiefe Dunkelheit vorgeherrscht.

Rolfhardts Schlafzimmer befand sich gleich neben dem seinen. So schnell es seine zitternden Gliedmaßen zuließen, schlich er an der Wand entlang bis zur Tür des Nachbarraumes. Dort verharrte und zögerte er für einige Momente. Doch innere Angst und Unruhe waren stärker und so griff er entschlossen nach dem runden Türknauf und drehte ihn möglichst leise herum. Mit einem kaum hörbaren Klicken sprang die Tür zu Rolfhardts Schlafzimmer auf und öffnete sich lautlos nach Innen. Dahinter herrschte tiefe Dunkelheit, was Michaels Pulsschlag sofort wieder erhöhte. Schon schienen wieder Arme aus dräuender Finsternis nach ihm greifen, die Atemluft abschnüren zu wollen. Keuchend sog er die Luft in seine Lungen. Plötzlich jedoch drang eine Stimme an sein Bewusstsein vor, die sich sofort wie ein fürsorglicher Schirm um seinen Kopf legte.

„Michael, was ist mit dir?", tönte es besorgt von der Stelle des dunklen Zimmers her, wo der angstschlotternde Mann das Bett von Schressens wusste.

„L...Licht...", stieß Michael gurgelnd aus. „B..bitte Licht!"

Sofort füllte das helle, freundliche Leuchten der Zimmerlampe den kleinen Raum, vertrieb ein zweites Mal die Schatten der Nacht. Von Schressen hatte sich halb in seinem Bett aufgerichtet, den von einem T-Shirt bedeckten Oberkörper auf seinen linken Arm gestützt, und schaute dem nächtlichen Besucher fragend entgegen. Diesem entfleuchte gerade der letzte Rest Kraft den weichen Beinen, und mit einem leisen Seufzer sank er im Türrahmen zu Boden. Erschrocken sprang der weiße Vampir aus seinem Bett und eilte zu Michael an die Tür. Dort hob er ihn auf und trug ihn zu seinem Bett zurück, wo er ihn sanft ablegte und das Kissen unter seinen Kopf steckte, damit er ein wenig höher lag.

„Was ist denn bloß los mit dir?", fragte er verwundert und besorgt zu gleich.

„Ich...ich...", begann der junge Deutsche stockend, brachte aber nicht mehr über seine Lippen.

„Beruhige dich erst einmal", sagte von Schressen daraufhin fürsorglich zu ihm. „Du bist ja außer dir vor Angst. Was in aller...."

Der Wiener Vampir brach mitten im Satz ab. Er schien für einen Moment in sich hineinzuhorchen, und es blitzte dabei kurz in seinen Augen auf, als er etwas tief in sich drinnen spürte.

„Du lieber Himmel!", murmelte er dann, und ein sorgenvoller Ausdruck trat in sein Gesicht. „Jetzt merke ich es auch. Unsere finsteren Mitreisenden haben wohl die Jagd eröffnet. Kein Wunder, dass unser Sensibelchen hier am ganzen Leib vor Angst schlottert!"

Er lächelte Michael mit sanftem Spott um seine Mundwinkel herum an.

„Ich bin kein Sensibelchen!", protestierte dieser auch sogleich.

„Und trotzdem kommst du zu mir gerannt, obwohl du noch vor ein paar Stunden getönt hast, dich würden keine zehn Pferde in mein Bett bringen", meinte von Schressen trocken. „Und du willst doch die restliche Nacht hier verbringen, wenn ich mich nicht irre?"

„Wenn ich darf...?", gab Michael kleinlaut zur Antwort.

Auch, wenn er es nicht zugeben würde, aber die Gegenwart des über zweihundert Jahre alten Vampirs vermittelte ihm ein Gefühl von Schutz und Geborgenheit, was am besten daran zu erkennen war, dass er sich in den wenigen Minuten seines Hierseins schon wesentlich ruhiger und angstfreier fühlte, als noch kurze Zeit zuvor.

„Was wohl Crystal dazu sagen wird, wenn sie uns morgen früh zusammen aus meinem Zimmer kommen sieht?", überlegte von Schressen halblaut.

Da richtete sich Michael wie von der Tarantel gestochen vom Bett auf.

„Crystal!", rief er erschrocken, „Wir müssen nach Crystal sehen! Was, wenn es ihr so ergeht wie mir?"

„Ich glaube, die steckt das wesentlich besser weg, als du, mein Freund", meinte der Vampir. „Aber ich werde kurz nach ihr schauen. Kannst du es solange alleine hier aushalten?"

Michael nickte kurz zur Bestätigung und blickte dem schlanken, blond gewellten Mann hinterher, als er die Kabine verließ, um nach Crystal Blair zu schauen. Er war nur wenige Momente weg, und als er wiederkehrte, nickte er dem jungen Deutschen beruhigend zu.

„Sie schläft, wenngleich ich auch deutlich spüren konnte, dass sie mitkriegt, was in dieser Nacht geschieht", berichtete er in Kurzform.

„Und was geschieht hier?", fragte Michael von Schressen.

„Warum mache ich mir vor Angst fast in die Hose? Das

kam wie ein Blitz über mich. So erkenne ich mich selbst nicht wieder!"

„Ich glaube, dass unsere Kuckuckskinder heute Nacht ein Opfer dargebracht haben. Ein Opfer, das der Auftakt zu dem sein soll, was sie eigentlich hier an Bord vorhaben."

„Ein Opfer?" Michael schüttelte sich unwillkürlich und machte vor Schreck große Augen. „Du meinst sicherlich kein Tieropfer, oder Rolfhardt?"

Dieser schüttelte mit ernster Miene seinen Kopf.

„Dann geht es jetzt also definitiv los?"

„Ja, Michael", bestätigte der weiße Vampir. „Ich kann es fühlen, wenngleich mich die Sache nicht so gebeutelt hat, wie dich Jungspund. Aber es wird gut sein, wenn wir den Blondschöpfen ausgeruht gegenübertreten. Also rutsch rüber und mach Platz für mich. Ein paar Stunden Schlaf können wir alle noch gebrauchen."

„Ich mach bestimmt kein Auge zu!", meinte Michael seufzend, als er zur Seite rutschte, damit von Schressen wieder in sein Bett schlüpfen konnte.

Dieser lachte nur kurz.

„Schau mich mal an, Michael", forderte er den jungen Mann auf.

Da er nicht wusste, was der weiße Vampir vorhatte, tat er ihm den Gefallen. Von Schressen fixierte ihn kurz und intensiv mit seinen extrem blauen Augen. Nur einen Moment später war Michael Fux fest eingeschlafen. Rolfhardt blickte mild lächelnd auf den Deutschen hinab.

„Es hat manchmal schon Vorteile, ein Vampir zu sein", flüsterte er leise. „Wenngleich ich viel darum gäbe, ein normales Leben führen zu können."

Er hauchte Michael einen sanften Kuss auf dessen Stirn. Dann stieß er ein leises Seufzen aus, löschte das Zimmerlicht, drehte sich auf die Seite, und war ebenfalls nach wenigen Minuten eingeschlafen. Eine trügerische Ruhe legte sich wieder über das Apartment.

Mit den ersten Strahlen der Morgensonne, die vorwitzig durch die Spalten des Vorhanges am Fenster in die Kabine drangen, erwachte Gladys Cavenaugh. Solange sie sich zurückerinnern konnte, war sie immer mit den ersten Sonnenstrahlen des neuen Morgens wach geworden, schon ihr ganzes Leben lang. Das war auch auf ihrer Reise anlässlich ihrer goldenen Hochzeit nicht anders. Die 71-jährige Frau blinzelte noch ein wenig verträumt und rieb sie sich anschließend den Schlaf aus ihren Augen. Dann wendete Gladys ihren Kopf der linken Seite des Kingsize-Bettes ihrer geräumigen Kabine an Bord der MS SERPENTIA zu. Dort schlummerte ihr Mann Hector, mit dem sie seit nunmehr 50 Jahren glücklich verheiratet war. Diese Kreuzfahrt anlässlich ihrer goldenen Hochzeit stellte die erste wirklich große Reise in ihrem gemeinsamen Leben dar. Es war ein Geschenk ihrer Kinder und Enkelkinder zu ihrem Hochzeitstag.

Hector Cavenaugh lag auf dem Rücken und schnarchte mit halb geöffnetem Mund leise vor sich hin. Gladys bedachte ihren Mann mit einem liebevollen Lächeln. Fünfzig Jahre waren sie nun schon verheiratet. Damals war es Liebe auf den ersten Blick gewesen. Hector war groß, schlank, trug wallendes Haar und hatte einen glutvollen Blick. Aber nicht nur das Äußere war es gewesen, in das sich Gladys verliebt hatte. Auch sein Wesen spielte eine Rolle. Liebevoll, warmherzig, intelligent und treu – alles Attribute, die ebenfalls zur tiefen Liebe zu ihrem Mann beigetragen hatten. Zärtlich langte sie zu Hector hinüber und strich sanft eine seiner weiß-grauen Haarsträhnen aus seinem Gesicht. Er hatte schon immer einen so tiefen Schlaf, dass sie ihn manchmal nur mit Mühe zum Frühstück wach bekam. Man konnte eine Kanone neben ihm abfeuern, ohne dass in dies in irgendeiner Weise störte.

Gladys Cavenaugh schlug ihre Bettdecke beiseite und setzte sich für einen Moment an den Bettrand. Sie nannte das immer „dem Kreislauf Gelegenheit geben, ebenfalls aufzustehen." Dabei fiel ihr Blick auf den schmalen Nachttisch neben ihrer Betthälfte. In einer hohen, sehr schmal und elegant gestalteten Glasvase steckte eine wundervolle, langstielige schwarze Rose. Eine nette junge

Dame mit fast weißblondem Haar und dunklen, nahezu schwarz erscheinenden Augen, hatte sie ihr gestern Abend geschenkt.

„Eine kleine Aufmerksamkeit zur goldenen Hochzeit", hatte sie zu Gladys gesagt. „Schwarze Rosen sind sehr selten und schwer zu züchten!"

Gladys, die Rosen über alles liebte, hatte sich sehr über das nette Präsent gefreut. Sie griff nach der Vase und zog sie so zu sich heran, dass sie an der wunderbar duftenden, samtschwarzen Rosenblüte schnuppern konnte. Tief zog sie den lieblichen Duft ein. Er schien ihr regelrecht zu Kopf zu steigen und sie benommen zu machen. Die betagte Dame kicherte unvermittelt, wie ein junges Mädchen. Langsam stellte sie die Vase mit der seltenen Blume auf den Nachttisch zurück. Dann erhob sie sich langsam vom Bettrand, packte ihr Kopfkissen und strebte einem der beiden Sessel zu, die in ihrer Kabine neben einem niedrigen Glastischchen standen. Aus langjähriger Gewohnheit heraus wollte sie es sich dort bequem machen und lesen, bis auch Hector, ihr Mann, aufwachte, um dann gemeinsam mit ihm in aller Ruhe zu frühstücken. Aber Gladys Cavenaugh genoss auch diese ruhigen Minuten zwischen Morgendämmerung und Tag, in denen sie sich ganz selbst gehörte und Zeit hatte, ihren Gedanken nachzuhängen, ihnen sozusagen freien Lauf zu lassen.

Langsam umrundete sie das breite Bett und steuerte dem von ihr aus rechten der beiden Sessel an. Plötzlich blieb sie jedoch ruckartig stehen, schwankte ein bisschen und griff sich an den Kopf, so als müsse sie überlegen, was sie eigentlich tun wollte. Unendlich langsam drehte sich Gladys um und trat neben ihren schlafenden Gatten an das Bett heran. Liebevoll blickte sie auf den Mann hinunter, mit dem sie nun schon ein halbes Jahrhundert das Leben teilte. Dann hob sie das Kissen, welches sie nach wie vor in ihrer linken Hand hielt, und presste es so kräftig, wie sie nur konnte, auf das Gesicht Hectors. Sie konnte dumpfe Laute vernehmen, die ihr Mann von sich gab, als er durch diese Attacke unsanft aus dem Schlaf gerissen wurde. Seine von Rheuma gekrümmten Hände versuchten, das Kissen über seinem Gesicht wegzureißen. Doch er hatte keine Chance gegen Gladys, die viel kräftiger und rüstiger als ihr drei Jahre älterer Mann war. Hector Cavenaugh kämpfte endlose Minuten lang verzweifelt um sein Leben. Dann wurde seine Gegenwehr schwächer, das Strampeln der Beine ebbte ab, bis schließlich jede Bewegung erlahmte und auch die Hände schlaff und leblos zur Seite weg nach unten rutschten. Es war vorbei. Hector Cavenaugh war tot, qualvoll erstickt.

Die immer noch sanft und gütig lächelnde Gladys hob das Kissen an und strich danach einige weißgraue Haarsträhnen aus Hectors Gesicht. Ihre Finger glitten über seine Lider und schlossen sie über den starr und leblos an die Decke gerichteten Pupillen.

„Ach ja...", seufzte sie. Dann wendete sie sich um und ging endgültig zum Sessel hinüber, wo sie sich niederließ und das mitgebrachte Kissen zu ihrer Bequemlichkeit zwischen Lehne und Rücken stopfte. Sie nahm ihren aufgeschlagenen Roman vom kleinen Glastisch, wo sie ihn am Abend zuvor zurück gelassen hatte, und vertiefte sich in die Lektüre der schmalzig-kitschigen Liebesgeschichte. Sie war so sehr von ihrer Lektüre gefangen, dass sie nicht mitbekam, wie sich die schwarze Rose in der Vase neben dem Bett von einer Sekunde zur anderen in dunklen Nebel auflöste und spurlos verschwand. Einige Minuten nach diesem merkwürdigen Vorgang hob sie ihren Blick und schaute zum Bett mit ihrem toten Ehemann darin hinüber.

„Hector schläft aber heute lang", murmelte sie leise vor sich hin, während sie stirnrunzelnd zu einer an der Kabinenwand angebrachten Uhr hinüber spähte.

Sie las einige weitere Minuten lang, doch dann legte sie ihr Buch beiseite, erhob sich, und trat an das Bett heran.

„Hector, willst du heute gar nicht aufstehen?", fragte sie und rüttelte ihren Mann leicht an der Schulter. „Hector?"

Doch ihr Mann rührte sich nicht. Verwirrt stand Gladys neben dem Bett. Ihr Blick verschleierte sich kurz und wieder griff sie sich an den Kopf, gerade so, als ob ihr schwindelte. Dann klärte sich ihr Blick wieder. Sie starrte auf ihren Mann hinab, dann drehte sie sich ruckartig um und blickte zu dem Kissen hinüber, welches in aller Unschuld auf dem Sessel lag, in dem sie Minuten zuvor noch gesessen und gelesen hatte. Schlagartig wurde die alte Dame bleich und sie begann zu schwanken, als sie sich wieder ihrem Mann zuwandte. Mit grausamer Klarheit wurde ihr in diesem Moment bewusst, was sich kurz zuvor in dieser Kabine abgespielt hatte.

Sie hatte eine Todsünde begangen und ihren eigenen Mann getötet! Ohne Grund, einfach so! Nach fünfzig Jahren Lieben und Vertrautheit.

Tränen schossen ihr in die Augen und schlagartig befiel sie eine große Übelkeit. Gladys wurde es eng in der Brust und sie verspürte einen stechenden Schmerz in Arm und Rücken.

„Hector, oh Hector, nein...", stammelte sie mit versagender Stimme.

Dann brach sie über ihrem toten Mann zusammen. Nur Minuten später hörte ihr eigenes Herz auf zu schlagen. Mit einem Seufzer auf ihren bleichen Lippen hauchte die alte Dame ihr Leben aus, dahin gerafft von einem Herzinfarkt, ausgelöst durch übergroßen Kummer und dem Schock über das Geschehene.

Und über alldem lag das milde Farbenspiel des Lichtes der aufgehenden Morgensonne. Nie wieder würden sich Gladys und Hector Cavenaugh daran erfreuen können. Das Böse an Bord der MS SERPENTIA gebar seine ersten Opfer...

Fast gleichzeitig, in einem anderen Bereich des Schiffes, war der junge Thomas Blackmoore auf dem Weg zurück in die Gemeinschaftskabine, die er mit fünf älteren Kollegen teilte. Thomas, von Beruf Koch, arbeitete das erste Mal auf einem Kreuzfahrtschiff. Vor dieser Reise hatte er sich sehr nervös und unsicher gefühlt, wusste er doch absolut gar nichts von dem, was ihn auf solch einem Schiff erwarten würde. Doch zu seinem Glück fand er hilfreiche und fürsorgliche Kollegen, die ihm alles zeigten, und ihm mit Rat und Tat zur Seite standen. Die fünf Männer, mit denen er eine der Mannschaftskabinen teilte, waren das beste Beispiel dafür. Sie kümmerten sich rührend um den jungen Koch. Es kam ihm vor, als ob sie seine älteren Brüder wären. Thomas schätzte sich glücklich, so wunderbare Kollegen und Freunde gefunden zu haben.

Der Zwanzigjährige gähnte herzhaft. Er kam von seiner Nachtschicht, die er in der der Küche gehabt hatte. Da gab es zwar weitaus weniger zu tun, als den Tag über, wenn hunderte von Passagieren gleichzeitig ihre Hauptmahlzeiten einnehmen wollten, doch anstrengend war auch eine Nachtschicht allemal. Darum war er froh, gleich in der Kabine zu sein und sich ins Bett legen zu können. Thomas bog vom Haupt- in einen Nebengang ein, an dessen Ende die Gemeinschaftskabine lag, in der er Quartier bezogen hatte. Dabei stieß er unsanft mit einem Mann zusammen, der gerade aus dem Nebengang herauskam.

„Hoppla!", rief der Schiffskoch aus. „Entschuldigung", schickte er dann sogleich noch hinterher.

Der Andere blieb stumm und blickte Thomas nur finster aus seinen unwahrscheinlich dunklen Augen heraus an. Dem fiel noch das kurze, fast weißblonde Haar des Mannes auf, da hatte sich dieser schon von dem Koch gelöst und strebte eilends davon. Thomas blickte ihm kopfschüttelnd hinterher.

„Unhöflicher Kerl!", murmelte er vor sich hin. „Und von der Mannschaft war der mit Sicherheit nicht. Was die komische Type wohl hier unten gesucht hat?"

Da niemand in der Nähe war, der ihm eine Antwort auf seine Fragen hätte geben können, setzte Thomas kurz darauf seinen Weg Richtung Kabine fort. Kurz darauf hatte er diese erreicht und hielt vor der Tür inne. Seine Kollegen schliefen normalerweise um diese Tageszeit, denn die hatten in dieser Woche die Tagschicht und brauchten vor sieben Uhr nicht aufzustehen. Deswegen versuchte Blackmoore die Kabinentür möglichst leise zu öffnen, um die fünf Männer nicht zu wecken, die um diese Zeit normalerweise schliefen. Umso überraschter war er, als er alle zusammen um den Tisch in der Mitte des Raumes sitzend antraf.

„Du meine Güte, ihr seid ja alle wach?", rief er erstaunt aus und schloss, nachdem er eingetreten war, die Tür hinter sich.

„Ist was passiert? Oder warum liegt ihr nicht mehr in euren Betten? Sonst seid ihr doch kaum aus den Federn zu bekommen!"

Der Koch blickte von einem zum anderen, und wunderte sich, dass die fünf Männer fast ein wenig geistesabwesend wirkten. Nebenbei registrierte er, dass Elmer Lloyd, der Zimmerälteste, in seinen Fingern eine Blume hielt. Beim genaueren Hinsehen entpuppte sich diese als schwarze Rose. Thomas zog die Augenbrauen hoch, hatte sich Elmer bisher doch nicht gerade als Blumenfreund zu erkennen gegeben. Und noch immer hatte keiner der Männer auf seine Fragen geantwortet.

„Sagt mal, was ist denn los mit euch? Einerseits scheint ihr aus dem Bett gefallen zu sein, während ihr andererseits immer noch zu schlafen scheint!"

Er hatte sich breitbeinig und mit in die Hüften gestemmten Händen vor dem Tisch aufgebaut, um den herum gruppiert die Männer saßen. Diese wendeten nun alle gleichzeitig, fast wie auf ein geheimes Kommando, ihre Gesichter dem jungen Mann entgegen. Thomas sah mit leichter Beunruhigung, dass die Blicke der Fünf irgendwie starr und verschleiert wirkten, während der Ausdruck ihrer Gesichter seltsam *feindselig* zu sein schien. Unwillkürlich trat er einen Schritt zurück, und sein bis dato freundschaftliches Grinsen war einer angespannten Miene gewichen. Er hatte keine Erklärung, was mit seinen Kollegen los war. So hatten sie sich bisher jedenfalls noch nie benommen. Und das begründete schon eine gewisse Beunruhigung.

„Ah, da ist ja unser junger Kollege", ließ sich dann unvermittelt Elmer Lloyd vernehmen. „Wir haben dich schon erwartet."

„Wie meinst du das, Elmer?", fragte Thomas den Mann, den er bisher fast wie einen großen Bruder betrachtet hatte.

„Ach, nur so im Allgemeinen...", antwortete dieser

71

ausweichend, wobei er spöttisch grinste.

Dann hob er diese merkwürdige schwarze Rose an seine Nase und sog tief den Duft des Gewächses in sich hinein. Dann entschlüpfte ihm ein glucksendes Kichern und er warf den anderen vier Männern, die mit ihm am Tisch saßen, ein kurzes Zwinkern zu. Danach erhob er sich und trat zu dem jungen Mann, der im Raum stand und nicht wusste, was er von alldem halten sollte.

„Weißt du, Thomas", begann Lloyd, „Jeder von uns musste auf die eine oder andere Art seinen Einstand geben. Darum dachten wir, dass es endlich an der Zeit wäre, dass du das auch tust."

„Und an was habt ihr da gedacht?"

Dem jungen Mann wurde zunehmend mulmiger zumute. Seine Knie begannen zu zittern, als er sah, welche Reaktion seine Frage in den Gesichtern der anderen hervorrief. Er interpretierte es jedenfalls als niederträchtiges Grinsen.

„Es wird dir gefallen!", sagte da Elmer Lloyd neben ihm und packte ihn grob am Oberarm.

„Au!", schrie Thomas Blackmoore erschrocken auf. „Du tust mir weh, Elmer! Was soll das denn?"

„Wie gesagt, du wirst jetzt deinen Einstand bei uns geben!"

Dieses Mal klang das Gesagte wie eine finstere Drohung. Der junge Schiffskoch bekam es mit der Angst zu tun. Er versuchte, sich aus dem Griff des älteren Mannes neben ihm herauszuwinden, doch dieser hielt seinen Oberarm wie mit einer Eisenklammer fest.

„Rüber mit dir zum Tisch", verlangte Lloyd daraufhin barsch.

Als Blackmoore der Aufforderung nicht gleich nachkam, zerrte er ihn rüde zu dem besagten Möbelstück hinüber. Dort angekommen, packten ihn Andersson und Bartheldis, um ihn unsanft auf die Tischplatte zu zerren.

„Hört doch auf!", bat Thomas seine bisherigen Freunde und Kollegen. „Wenn ihr mir Angst einjagen wollt, dann ist euch das super gelungen!"

„Aber, aber...", erwiderte Andersson in tadelndem Ton, „Der Spaß geht doch jetzt erst richtig los!"

Fünf paar Männerhänden griffen nach dem jungen

Engländer und rissen ihm förmlich die Kleider vom Leib.
„Aufhören! Lasst mich los! Was ist denn bloß in euch gefahren?", schrie Blackmoore flehentlich.
Doch die Männer ließen sich nicht beirren. Blackmoore lag nun nackt auf dem Tisch, seinen Oberkörper hielten zwei der fünf Männer wie mit einem Schraubstock umklammert, so dass er keine Chance hatte, sich aus dem harten Griff zu befreien. Zwei weitere Männer griffen sich seine Beine. Der Koch versuchte zwar, zu strampeln und sie davon abzuhalten, doch auch dies gelang ihm nicht. Ihm wurden die Beine gespreizt und nach oben gerissen. Elmer Lloyd stellte vor ihm auf und begrapschte ihn gierig mit seinen Händen.
„Wir werden jetzt viel Spaß miteinander haben, mein Freund...", sagte Lloyd mit satanischem Grinsen zu dem jungen Mann. „Ich wette, du wirst davon gar nicht genug bekommen können. Wahrscheinlich wirst du schon ab Morgen den gleichen Spaß mit jedem Mann an Bord erleben wollen..."
Der breitschultrige Lloyd leckte sich lüstern seine Lippen. Dann griff er an sich herunter, löste seine Gürtelschnalle und entledigte sich hastig seiner Hose.
Voller Panik ahnte Blackmoore jetzt, was die Männer wohl mit ihm vorhatten. Konnte es wirklich sein? All die Wochen zuvor...hatte er sich so in ihnen getäuscht? War die Freundschaft eine große Lüge gewesen? Tränen schossen ihm in die Augen, liefen seine angstbleichen Wangen hinab.
„Nein, Elmer, bitte, tut es nicht...Bitte!", flehte er mit weinerlicher Stimme.
Doch der Mann lachte nur böse und mit nie gekannter Gehässigkeit. Dann spie er sich in die Hand.
„Entspann dich, Junge", forderte er ihn höhnisch auf, während er seinen Speichel auf dem Anus des vor ihm liegenden jungen Mannes verteilte. „Dann kannst du es besser genießen!"
Lloyd drang rücksichtslos mit seinem Penis in ihn ein. Der Schiffskoch schrie vor Schmerzen auf, wand sich, jammerte und flehte darum, dass die Männer mit dem grausamen Spiel aufhören sollten. Doch die Angst und das

Flehen des Mannes schien sie nur noch mehr anzustacheln. Elmer Lloyd grunzte wie ein geiler Eber, in tierischen, abstoßenden Lauten, und stieß in hartem, schnellen Rhythmus zu, bis er sich in den jungen Mann ergoss. Als er befriedigt war, tauschte er seinen Platz mit Andersson, der Blackmoore als nächster vergewaltigte. In den nächsten beiden Stunden vergingen sich alle fünf Mann mehrfach an dem Schiffskoch Blackmoore. Zuletzt lies dieser das Geschehen nur noch völlig apathisch und ohne jede Gegenwehr über sich ergehen.

Endlich ließen Lloyd, Andersson und die anderen drei Männer von Thomas ab. Sie zogen sich wieder an und stießen dann mit einigen Flaschen Bier auf ‚den tollen Einstand' Blackmoores an, wobei sie zotige und schmutzige Witze auf Kosten des Geschändeten machten.

Der wälzten sich wimmernd vom Tisch. Ihm tat sein After entsetzlich weh, in einem brennenden, stechenden Schmerz. Ein dünner Blutstrom drang daraus hervor, vermischt mit dem Sperma der Vergewaltigungen, tropfte zu Boden und hinterließ dort eine schleimige Spur der Schande. Blackmoore kroch in eine Zimmerecke, wo er sich in Fötushaltung zusammenkauerte und lautlos vor sich hin weinte, immer noch vom Spott und Hohn seiner Peiniger überschüttet.

„Hört nur, er jammert, weil es schon vorbei ist!", grölte Lloyd, sich vor Lachen ausschüttend.

„Dabei braucht er gar nicht traurig sein, nicht wahr Kumpels", rief Andersson Schenkel klopfend. „Wir machen nur eine kleine Pause. Unsere Freudenspender sind heiß gelaufen. Aber nachher, da nehmen wir dich noch mal so richtig ran. Und dann darf jeder über dich steigen, der uns ein bisschen was dafür bezahlt. Aus dir machen wir eine richtig kleine, geile Bordhure! Darauf ein Bier!"

„Nichts mehr da, Leute!", rief Lloyd seinen Kumpels zu.

Daraufhin beschloss die Fünfergruppe, sich mit Nachschub an Gerstensaft zu versorgen. Zu diesem Zweck machten sich die Männer auf, die gemeinschaftliche Kabine zu verlassen. Als sie gingen, würdigten sie ihr Opfer keines Blickes mehr.

Etwa dreißig Minuten später kehrten sie wieder. Lachend

und lärmend stürmten sie in die Kabine, in Vorfreude dessen, was sie noch alles mit ihrem jüngeren Kollegen anstellen wollten. Doch kaum hatten sie diese betreten, prallte Lloyd, der zuvorderst ging, entsetzt zurück.

Thomas Blackmoore hatte sich an einem der drei Doppelstockbetten mit seinem Hosengürtel erhängt. Die im Todeskampf hervor gequollenen Augen blickten in anklagender Leere seinen Peinigern entgegen.

In diesem Moment, von niemandem beachtet, löste sich die schwarze Rose, die neben den Tisch, dem Ort des schändlichen Vergehens gefallen war, in einen schwarzen, schnell zerfasernden Rauch auf. Im selben Moment klärten sich die Blicke der fünf Männer und es wurde ihnen in brutaler Realität bewusst, was in den letzten Stunden vorgefallen war, was sie selbst verbrochen hatten, was sie einem jungen, fröhlichen und hoffnungsvollen jungen Mann angetan hatten.

Lloyd brach vor Scham zusammen. Er sank auf seine Knie und begann hemmungslos zu weinen. Andersson musste sich würgend übergeben, genauso wie Bartheldis. Die anderen beiden, Jorge Magnusson und Trantis Green, verließen geradezu fluchtartig den Raum.

Später fand man den toten Körper Magnussons im Maschinenraum, wo er sich in ein in einen Schraubstock geklemmtes Stemmeisen gestürzt haben musste.

Trantis Green war von Stund an spurlos verschwunden, wobei vermutet werden konnte, dass er möglicherweise über Bord gesprungen war.

Elmer Lloyd dagegen verlor den Verstand. Er, der väterliche Gefühle für Blackmoore entwickelt hatte, der für ihn wie der Sohn war, den er niemals hatte, konnte nicht verwinden, was er dem jungen Mann angetan hatte. Andersson versteckte sich im Lager der MS SERPENTIA, wo er versuchte, das Geschehene in Alkohol zu ertränken und starb, weil er an seinem Erbrochenen erstickte, während Bartheldis von der Minute des Auffindens des toten Thomas Blackmoore nie mehr ein Wort in seinem Leben sprach.

Keiner der fünf Männer bekam noch mit, dass das Geschehen von merkwürdigen, fast weißblonden Männer und Frauen, die alle gleich gekleidet waren und beunruhigend dunkle Augen hatten, voller Zufriedenheit beobachtet worden war. Ihr böses Grinsen sprach Bände. Sie hatten böse Gedanken in die Köpfe vieler Menschen gesät. Böse Gedanken, die keimten und zu bösen Taten heranwuchsen. Böse Taten, die vormals reine Seelen verderben sollten. Und es versprach eine reiche Ernte an Bord der MS SERPENTIA zu geben...

Mit einem leisen Seufzen auf ihren sinnlich-vollen Lippen wachte Crystal Blair auf. Einen Moment lang wirkte sie benommen und sah sich in dem durch das große Kabinenfenster herein strömende Morgenlicht erhellten, großzügig angelegten, luxuriös ausgestatteten Schlafraum um, gerade so so, als müsste sie erst überlegen, wo sie sich überhaupt befand. Erst nach einigen Sekunden setzte die Erinnerung ein und sie erkannte ihre Kabine im dem teuren Luxusapartment an Bord des Kreuzfahrtschiffs MS SERPENTIA. Crystal schüttelte leicht ihren Kopf, gerade so, als müsste sie etwas Unangenehmes vertreiben. Und eigentlich war dies auch der Fall, denn sie hatte entsetzlich schlecht geschlafen, weil fürchterliche Alpträume sich als eine nächtliche Heimsuchung erwiesen hatten. Müde und zerschlagen, wie sie sich fühlte, schlug sie schließlich ihre Bettdecke zur Seite und schwang die Beine aus dem Bett. Allerdings blieb Crystal noch einige Minuten lang auf dem Bettrand ihrer Kingsize-Nachtstatt sitzen.
„Herr Jesus Christ", murmelte sie kopfschüttelnd leise vor sich hin. „Wenn das, was ich geträumt habe, auch nur zum Teil die Wahrheit ist, dann ist bereits Schreckliches an Bord geschehen!"
Die junge Engländerin erhob sich vom Bettrand und strebte ihrem Bad zu, welches sie ganz für sich alleine in Anspruch nehmen konnte. Michael und Rolfhardt stand das zweite

Badezimmer zur Verfügung, kaum weniger luxuriös als ihr eigenes. Rasch schlüpfte sie aus ihrem cremeweißen Seidennachthemd und huschte unter die Dusche. Warmes Wasser aus zwanzig in verschiedenen Höhen und Positionen angebrachten Düsen massierte ihr den letzten Rest Müdigkeit aus dem Körper. Anschließend wurden Haut und Haare durch leicht parfümierte, trockene, heiße Luft aus mindestens ebenso vielen Luftdüsen getrocknet. Erfrischt verließ sie die luxuriöse Duschkabine und vollendete ihre Morgentoilette. Gerade, als Crystal ihr Schlafgemach verließ, um sich am Kaffeevollautomat im Gemeinschaftsraum einen frisch aufgebrühten Mokka zubereiten zu lassen, öffnete sich auch die Kabinentür zu Rolfhardts Schlafzimmer, und der weiße Vampir trat mit zerzauster, blonder Lockenmähne heraus. Als ihm quasi auf dem Fuße Michael Fux folgte, riss Crystal überrascht ihre Augen auf.

„Aha!", rief sie triumphierend durch den großen Wohnbereich zu den beiden Männern hinüber, und ein wissendes Grinsen stahl sich um ihre Mundwinkel.

Rolfhardt quittierte diesen Ausruf nur mit einem feinen Lächeln, gab aber ansonsten keinen weiteren Kommentar zu dem Geschehen ab.

Anders Michael. Er setzte ein mürrisches Gesicht auf und fuhr sich mit der Rechten durch sein vom Nachtschlaf unordentliches zerzaustes, kurzes, braunes Haar.

„Nichts mit ‚Aha'!", fauchte er gereizt und blitzte die junge Frau aus seinen noch etwas verschlafenen, rehbraunen Augen ärgerlich an.

„Aber bist du nicht eben aus Rolfhardts Schlafzimmer gekommen?", fragte Crystal in einem Ton nach, der die Frageform an sich relativierte und in eine Feststellung umwandelte. „Also, für mich sieht das aus, als hätte unser Wiener Freund dich doch bereits rumbekommen."

„Nicht alles, was offensichtlich scheint, ist dann tatsächlich auch die Wahrheit, liebe Freundin!", wehrte sich der ehemalige Versicherungsmakler energisch. „Sag doch auch mal was dazu, Rolfhardt!", forderte er dann sogleich den weißen Vampir auf. „Du stehst nur rum, grinst, und lässt zu, das Crystal wer weiß was von mir denkt!"

„Vielleicht schmeichelt es mir, dass sie vermutet, wir hätten miteinander geschlafen", gab dieser süffisant zurück. „Du bist ja schließlich auch ein ausnehmend hübscher, junger Mann, dem ich mich gerne intimer unter meiner Bettdecke zuwenden würde."

Er lachte glockenhell auf, und während Michael seufzend seine Augen verdrehte, wandte sich Rolfhardt an die zunehmend verwirrter drein blickende Engländerin.

„Ich muss unserem Freund hier allerdings Recht geben, liebste Crystal", sagte er dann, und wer genau hinhörte, vernahm ein leises, aufrichtiges Bedauern in seiner Stimme. „Es ist, zu meiner großen Betrübnis, wirklich nichts zwischen uns geschehen. Michael war zwar in meinem Zimmer, aber nur, weil ihm grauenhafte Alpträume und Visionen derart zusetzten, dass er sich anders nicht mehr zu helfen wusste."

„Die Alpträume – ihr also auch!", entfuhr es Crystal erschrocken, und schlagartig war sie wieder ernst geworden.

„Es war grauenhaft!", murmelte Michael, als ihm die schrecklichen Visionen der vergangenen Nacht wieder gegenwärtig wurden.

„Schattengestalten, die einem wirren Verstand entsprungen zu sein schienen, drangen auf mich ein, griffen nach mir, wollten mich überwältigen", berichtete der Deutsche schaudernd. „Mein Herz schlug bis zum Hals. Panik hatte mich umfangen. Etwas schnürte mir die Kehle zu, so dass ich Angst hatte, zu ersticken. Mit dem letzten Rest Verstand, schlotternden, weichen Knien und klappernden Zähnen schleppte ich mich in Rolfhardts Kabine, denn ich hoffte, er als Vampir würde mich gegen die alptraumhaften Bilder beschützen können. Ich sah mich ansonsten schon als übergeschnappter, sabbernder Idiot am nächsten Morgen vor meinem Bette sitzend und einen Zipfel von meinem Kopfkissen lutschen. Keine wirklich schöne Vorstellung, das könnt ihr mir glauben!"

„Ich stelle mir dich auch lieber anders vor, Michael", meinte Rolfhardt leicht anzüglich, und leckte sich seine Lippen, während er die schlanke, drahtige Gestalt des Mannes neben ihn mit besonderer Übertriebenheit musterte. Damit schaffte er es erneut, Michael zum Erröten zu bringen.

„Ach lass das doch, du Lüstling!", protestierte dieser auch prompt.

Rolfhardt Ethelbert Ronan von Schressen lachte kurz.

„Immerhin konnte ich dich damit wieder ein bisschen ablenken und aufmuntern, etwas, was du sicher dringend brauchen kannst!", meinte er süffisant schmunzelnd.

„Diese Nacht hatte für mich zwei Seiten", fuhr er dann etwas ernster fort. „Da waren zum einen die Schatten der Nacht. Natürlich habe ich gespürt, dass unsere finsteren Freunde ihren Feldzug gegen die Menschen an Bord des Schiffes begonnen haben. Aber da ich selbst ein Wesen bin, dass zwischen den Welten existiert, setzt mir das natürlich nicht so zu, wie Normalsterblichen, wie ihr es seid."

„Und was war die zweite Seite, von der du gesprochen hast?", erkundigte sich Michael neugierig bei dem über zweihundert Jahre alten Vampir.

„Ein wunderbares Geschenk, das einem Wesen wie mir nicht alle Tage zuteil wird."

Von Schressen heftete seine intensiven blauen Augen auf Michael. Gleichzeitig bekam der Blick aus diesen Augen einen Ausdruck von zärtlicher, liebevoller Zuneigung, die den Deutschen etwas verwirrte.

„Du schenktest mir letzte Nacht dein Vertrauen, Michael", sagte Rolfhardt. „Und das, obwohl ich weiß, welche berechtigte Angst und Abneigung du gegen Vampire an sich hegst. Und trotzdem bist du in deiner Seelennot zu mir gekommen, hast mir dich und dein Leben anvertraut, mein Lager geteilt und ohne Angst neben mir geruht. Das ist mehr, als ich in so kurzer Zeit von dir erwartet habe. Und mehr, als mir oftmals in den vielen einsamen Jahren meiner verfluchten Existenz zuteil wurde!"

Der Vampir legte eine Hand auf die Schulter Michaels, und in seinen Augen schimmerte es feucht, als er zu sprechen fortfuhr.

„Ich danke dir für dieses wunderbare, zutiefst menschliche Geschenk. Du hast dir dafür einen Freund fürs Leben geschaffen, und ich hoffe und wünsche, dich niemals enttäuschen zu müssen!"

Michael hatte seltsam berührt den Worten des weißen Vampirs gelauscht. Er spürte, dass alles, was Rolfhardt soeben gesagt hatte, aus tiefstem Herzen gekommen war. Verunsichert wusste der junge Deutsche nicht so recht, wie er reagieren sollte, was Rolfhardt nun von ihm erwartete. Michael fühlte sich in seinen Gefühlen hin- und her gerissen.

„Es...", begann er mit krächzender, belegter Stimme, und brach verlegen sofort wieder ab. Rasch räusperte er sich, bevor er nochmals zu sprechen ansetzte.

„Es...ich...äh, nun...ich meine, das ist lieb, was du gesagt hast, Rolfhardt...", druckste er ein wenig hilflos herum. „Ich habe einfach gefühlt, dass ich dir vertrauen kann... äh...wenn du weißt, was ich damit ausdrücken will..."

Um diese Unterhaltung auf einen für ihn weniger unangenehmen Weg zu führen, wandte er sich deshalb nun rasch an Crystal.

„Sag, wie hast du diese fürchterliche Nacht erlebt?", fragte er die Engländerin. „Rolfhardt hat, nachdem ich Angst schlotternd in sein Zimmer geschlichen war, kurz bei dir reingeschaut, ob alles in Ordnung mit dir ist, oder ob es dir so wie mir ergehen würde."

„Es waren unglaublich plastische und sehr realistische Traumbilder, die ich da empfangen habe", antwortete sie und schloss schaudernd für einen kurzen Moment ihre Augen.

„So wie der Traum, mit der kleinen Belinda, auf Grund dessen wir letztendlich hier auf diesem unheimlichen Kahn gelandet sind?"

„Genau so, nur um etliches scheußlicher!", bestätigte Crystal.

„Was konntest du denn erkennen, oder besser ausgedrückt, an was erinnerst du dich denn noch?", wollte Rolfhardt wissen?

Die Engländerin zog ihre hübsche Stirn kraus.

„Da fand so etwas wie eine Orgie statt", berichtete sie angestrengt überlegend. „Vermummte Gestalten in dunklen Kapuzenumhängen umstanden einen magischen Kreis, jedenfalls hielt ich diese kreisförmige, mit seltsamen Symbolen bemalte Stelle auf dem Boden für einen solchen.

Und in dessen Mitte befand sich ein sehr attraktiver, gut gebauter, nackter junger Mann."

„Na das hört sich doch schon mal interessant an", gab Rolfhardt einen interessierten Zwischenkommentar ab. „Ich will Details hören!"

„Die würden weniger anregend, als vielmehr sehr blutig ausfallen", schränkte Crystal mit todernster Miene ein. „Wie auf Kommando warfen die dunklen Gestalten nämlich ihre Kapuzenmäntel beiseite. Und dann...es war schrecklich!"

Ihre smaragdgrünen Augen schimmerten feucht, als sie die beiden Männer anschaute.

„Alptraumhafte Gestalten sprangen wie toll gewordene Tiere den jungen Mann im magischen Kreis an. Die einen waren teilweise mit verfilztem Pelz bedeckt, hatten schmutzig-blaugrüne Haut, Ziegenhörner- und bärte, und kamen auf Bocksfüßen daher. Die anderen besaßen eine dunkelblaue Hautfarbe. Ihre Köpfe wiesen spitze Schädel auf, mit spitz zulaufenden Ohren daran. Ihr Mund starrte von nadelscharfen Zähnen. Die gekrümmten Hände sahen wie gichtige Krallen aus. Außerdem besaßen sie dicke, obszön wirkende Brüste, mit kleinen Schlangen anstelle von Brustwarzen. Gemeinsames Attribut der schaurigen Monsterbrut stellten die unheimlich rot glühenden, quer geschlitzten Augen dar. Und diese Ausgeburten der Hölle haben den jungen Mann in ihrer Mitte regelrecht zerfleischt, ja geradezu zerrissen. Einfach grauenhaft!"

Crystal barg ihr Gesicht in ihren Händen, als die Erinnerung an ihre Träume mit Wucht über sie herein brachen.

„Damit wissen wir zumindest, mit wem wir es hier zu tun haben!", knurrte Rolfhardt mit finsterem Gesichtsausdruck.

„Ach ja, wissen wir das?", fragte Michael verständnislos dazwischen.

Der Wiener Vampir nickte.

„Schattennymphen und Satyre", erklärte er.

„Na, dann ist ja alles klar", meinte Michael lapidar, doch er schickte sofort ein „Hä?" hinterher, was seine Aussage wieder relativierte. „Was bitte sind Schattennymphen und Satyre?"

„Man nennt sie auch Finster- oder Halbwesen", erklärte

Rolfhardt auf Michaels Frage hin. „Geschöpfe der Nacht, niederträchtig, falsch und abgrundtief verdorben. Sie schmeicheln sich bei normalen Menschen ein, träufeln ihnen zersetzende Gedanken in den Kopf, pflanzen ihnen Hass, Niedertracht, Neid und Gier in die Herzen, um sie vom Pfad der Tugend abzubringen, sie zu verderben und für das Reich der Bosheit zu gewinnen."

„Das verstehe ich nicht, Rolfhardt", gestand Michael verwirrt ein. „Was haben sie davon, so etwas zu machen? Was bringt ihnen diese Verführung zur Sünde denn ein?"

Von Schressen betrachtete den jungen Mann einen Moment lang versonnen.

„Dazu komme ich gleich, Michael", sagte er dann. „Lass mich zuerst Crystal noch etwas fragen."

Mit diesen Worten wandte er sich der gemeinsamen Freundin zu, die sich zwischenzeitlich wieder etwas beruhigt hatte.

„Dein Traum über dieses grausige Ritual...das war noch nicht alles, oder?"

Der weiße Vampir blickte die zur Zeit braunhaarige Engländerin fragend aus seinen blauen Augen an. Crystal nickte zögernd.

„Da war noch etwas", gab sie dann leise zur Antwort. „Ich habe ein älteres Ehepaar gesehen. Voller Liebe füreinander, auch noch nach all den vielen Jahren, die sie gemeinsam verbrachten. Und dann, von einem Moment zum anderen, hat die Frau ihren Mann erstickt. Liebe und Vertrauen veränderte sich zu nervender Anwesenheit des anderen. Als die alte Damen realisierte, was geschehen war, brach sie zusammen und starb an Herzversagen."

Crystal machte eine kurze Pause, während Michael und Rolfhardt noch ganz betroffen von dem eben Gehörten waren. Die Londonerin nutze die Unterbrechung und ging hinüber zu der großen Ledercouch, auf die sie sich mit angezogenen Beinen niederließ. Die beiden Männer folgten ihr schweigend und setzten sich ebenfalls.

„Außerdem war da noch eine Gruppe von Männern, Crewmitglieder, die sich vor allem durch Fürsorge und Verantwortung für ein neues, junges Crewmitglied aus ihren Reihen auszeichnete. Doch plötzlich herrschten dort gemeine und niederträchtige Gedanken, die sich mit purer Wollust vermischten. In einem Akt von schrecklichem Vertrauensbruch fielen die älteren Matrosen über den Jungen her, erniedrigten ihn und vergewaltigten ihn brutal. Das verkraftete der junge Mann nicht, und als die ehemaligen Kollegen und Freunde von ihm abließen und für kurze Zeit aus der gemeinsamen Kabine verschwanden, nahm er sich mit einem Gürtel selbst das Leben. Auch den später zurückgekehrten Männern ging es nicht viel besser. Aus Scham und Verzweiflung über ihre Tat verloren sie teilweise den Verstand und schieden selbst auch aus dem Leben. So viel böse Gedanken, so viel Verzweiflung!"

Erneut barg die schlanke Frau ihr Gesicht in den Händen, während ihr die Tränen aus den Augen kullerten. Michael erhob sich wortlos, ging hinüber zur stilvollen Bar aus edlen Hölzern und entlockte der dort zur Verfügung stehenden Kaffeemaschine drei Tassen starken, schwarzen Kaffees. Er nahm ein kleines Tablett, stellte die Tassen darauf, außerdem noch eine kleine Schale mit Würfelzucker und einem Kännchen Milch aus dem Barkühlschrank und kehrte mit allem zurück zur Sitzgruppe, wo er das Tablett auf dem niedrigen Glastisch abstellte. Dankbar lächelte ihn Crystal an. Sie gab rasch ein wenig Milch in eine der Tassen, fügte ein Stückchen Zucker hinzu und rührte um. Gleich darauf nahm sie den ersten Schluck des heißen, kräftigen Gebräus. Auch die beiden Männer tranken schweigend ihren Kaffee.

„Rolfhardt...", meldete sich Michael dann schließlich nach ein paar Minuten zu Wort. „Wie ist das nun? Du wolltest uns doch erklären, was es den Satyren und den Schattennymphen einbringt, die Menschen zu solchen Taten zu verleiten?"

Der aus einem alten, österreichischen Adelsgeschlecht abstammende Mann aus Wien musterte den Deutschen aus Stuttgart einige Momente lang, allerdings ohne etwas zu sagen.

„Was wisst ihr über den Aufbau der Welt, dem Wesen der Dinge?", fragte er dann, wobei er eine seiner Augenbrauen in die Höhe zog, was ihm einen sehr lehrerhaften Touch verlieh.

„Öh, wie bitte?"

Michael schaute den Mann vor ihm verblüfft in das sehr männlich-anziehende, von langem blondem Lockenhaar umrahmte Gesicht. Mit einer Frage dieser Art hatte er am allerwenigsten gerechnet. Er warf einen hilflosen Blick in Richtung Crystal, doch auch diese zuckte nur ratlos mit ihren Schultern.

„Also...äh, mal sehen", stotterte er dann unsicher herum, während er fieberhaft überlegte, was Rolfhardt wohl mit seiner Frage gemeint haben könnte. „Da gab es mal den Urknall. Aus dem wurde das Universum, in dem später Sonne und Planeten entstanden. Ist es das, was du meinst?"

„Nicht ganz", gab der Vampir lachend zur Antwort. „Wenngleich deine Superkurzform der Weltentstehung nicht ganz falsch ist. Was ich meinte, ist, dass die Welt, wie ihr sie glaubt zu kennen, sich eben doch ganz anders darstellt, als die meisten Menschen gemeinhin annehmen."

„Du meine Güte!", stöhnte Michael und verdrehte seine Augen. „Wenn ich über zweihundert Jahre alt bin, und anfange ständig wunderlich und in Rätseln daherzureden, dann schlag mich bitte tot und leg mich in Essig ein", sagte er dann augenzwinkernd zu Crystal. „Rolfhardt: sag uns bitte in einfachen Worten, was du meinst!"

„Ich werde mich bemühen, mein Freund", sicherte der Angesprochene augenzwinkernd zu. Dann wurde er jedoch übergangslos ernst.

„Die Welt, oder das, was wir als unsere Welt bezeichnen, ist in Wahrheit eine dreigeteilte Sphäre", begann er dann mit seinen Erläuterungen. „Das Zentrum dieser Sphäre wird von dem gebildet, was man als unsere Existenzebene bezeichnen könnte, also das materielle Leben, wie wir es kennen, seit uns der Funke der Intelligenz geschenkt worden ist. Bezeichnen wir unsere Welt als MATER. Darüber hinaus existieren aber noch zweite weitere Ebenen. Vereinfacht dargestellt, könnte man sie als Ebene der positiven Energie und die Ebene der negativen Energie bezeichnen. POSEM und NEGEM. MATER, POSEM und NEGEM interagieren auf komplizierte Weise miteinander und existieren nur auf Grund eines Milliarden Jahre alten bestehenden Gleichgewichtes der Kräfte. Es gibt normalerweise nur die Energieflüsse zwischen den Ebenen, die räumlich von einer Art Limbo, einem Zwischenreich, getrennt sind. Materielle Brücken sollte es nicht geben. Aber leider gibt es sie. Und über diese Brücken können Existenzformen von POSEM und NEGEM auf MATER einwirken. Und auf uns Menschen einwirken."

„Ich verstehe nur Bahnhof!", gestand Michael ein. „MATER? POSEM? NEGEM? Mir schwirrt der Kopf."

„Aber ich glaube, verstanden zu haben, auf was Rolfhardt hinaus will", meldete sich da Crystal zu Wort.

„Tatsächlich?", rief Michael mehr ungläubig als erstaunt aus.

Crystal nickte.

„Rolfhardt...", begann sie, „...diese dreigeteilte Sphäre...ist es nicht so, dass die Menschheit im Grunde schon seit Anbeginn zumindest in Grundzügen darüber Bescheid weiß?"

„Aha, ich merke, du hegst da einen gewissen Verdacht?"

„Eher ein Schuss ins Blaue", gab sie zu.

„Na, dann schieß mal los!"

„Erde, Himmel und Hölle."

„Aber das sind doch bloß Sagen und Fantasievorstellungen!", protestierte Michael. „Genauso gut könnte ich dann von Asgard, Midgard und Utgard sprechen."

„Oder von der Erde, dem Olymp und dem Hades", ergänzte Rolfhardt voller Ernst die kleine Aufzählung. „Alles würde zutreffen. POSEM, die Sphäre der positiven Energie, kann demnach mit dem gleichgesetzt werden, was gemeinhin als ‚Himmel' bezeichnet wird."

„Und NEGEM wäre demnach die Hölle?"

Michaels Gesichtsausdruck spiegelte ein wahres Kaleidoskop verschiedenster Gemütsregungen wieder, wobei Skepsis und Unglauben die daraus Hervorstechendsten waren.

„Dann wirst du mir sicher auch gleich erzählen, dass es Gott und den Teufel tatsächlich gibt!"

Rolfhardt tat ihm sehr zu seinem Leidwesen nicht den Gefallen, diese Aussage kategorisch zu verneinen.

„Es gibt in jeder der beiden Sphären eine dichte Ballung an Energie. Quasi die Zentren, die stärksten Punkte von POSEM und NEGEM. Streng betrachtet, könnte man diese jeweiligen Zentralballungen tatsächlich als ‚Gott' und ‚Teufel' bezeichnen", erklärte er stattdessen todernst.

„Und gleich kommt ein Engel durch die Tür geflogen und sagt Hallo!", versuchte sich Michael in hilflosem Sarkasmus.

„Möglich wär's, denn es gibt Wesenheiten, die man als Engel bezeichnen könnte", sagte von Schressen. „Du hast doch auch schon Vertreter der Gegenseite kennen gelernt. Da sollte es dir doch jetzt leichter fallen, auch an andere, überirdische Erscheinungen zu glauben."

„Entschuldige, dass ich nicht in Begeisterung ausbreche, wenn mein ohnehin angeknackstes Weltbild soeben in tausend Scherben zerbirst", grummelte Michael mit gerunzelter Stirn. „Aber ich weiß immer noch nicht, was das alles mit unserer augenblicklicher Situation zu tun hat?"

„Viel", antwortete Rolfhardt. „Alles sogar. Ich erwähnte vorhin das Gleichgewicht der Kräfte zwischen den drei Ebenen. MATER erzeugt die Energie, die nach POSEM und NEGEM abfließt, dort sozusagen verbraucht und konsumiert wird."

„MATER?", echote Michael. „Das wäre doch unsere Welt. Wir erzeugen also die Energie?"

„Aber ja doch", mischte sich Crystal in die Diskussion der beiden Männer ein. „Alles, was lebt, erzeugt ein kleines Kraftfeld. Wie ein biologischer Dynamo!"

„Genau!", bestätige der Vampir die Vermutung der Engländerin.

„Jedes Lebewesen, egal ob tierisch oder pflanzlich, erzeugt ein Energiefeld. Wie ein Dynamo. Dabei spielt die Größe der Lebensform keine Rolle. Das meiste, was dadurch an Energie erzeugt wird, ist neutral. Nur der Mensch, die Primaten und einige weitere Tierrassen sind in der Lage, sowohl positive, wie auch negative Energie zu erzeugen."

„Wie das denn?", wollte Michael wissen.

„Ich denke, durch das Handeln, oder anders ausgedrückt, durch das, was getan wird", antwortete Crystal an

Rolfhardts statt. „Je nachdem, ob du ein böser Mensch bist, oder edel in Handeln und Tun – es wird sich direkt darauf auswirken, wie du ‚abstrahlst'. Habe ich Recht, Rolfhardt?"

„Ja", meinte von Schressen kopfnickend. „Eine einfache, aber sehr zutreffende Formulierung. Und hier knüpft die Erklärung direkt an deine Frage an, Michael. Beide Ebenen, also POSEM wie NEGEM, trachten danach, durch vermehrte Zuführung von Energie aus MATER ihre eigene Seite zu stärken und die Dominanz über die andere zu gewinnen. In unserem Fall trachten die Satyre und Schattennymphen also danach, gute und selbstlose Menschen böse Gedanken einzuflößen, sie so zu gemeinen und niederträchtigen Taten zu verleiten, und..."

„...damit dafür zu sorgen, dass sie statt positive nun negative Energie abstrahlen!", vollendete Michael den Satz des schlanken Wieners. „Der ewige Kampf zwischen Gut und Böse!"

„Ich sehe, unser grüner Junge hier hat kapiert, was Sache ist", meinte Rolfhardt zufrieden. „Denn genau darum geht es: Gut gegen Böse."

„Was würde denn geschehen, wenn das Böse den Kampf für sich entschiede?", erkundigte sich Crystal.

„Chaos, Tod, Zerstörung, Anarchie, Niedergang und vollständige Auslöschung", antwortete von Schressen mit düsterer Miene.

„Uh!", machte die junge Frau und schüttelte sich. „Keine angenehmen Aussichten."

„Dann sollte wohl besser das Gute die Oberhand gewinnen", rief Michael grinsend.

„Auch nicht das Wahre", schränkte der weiße Vampir ein. „Gewänne das Gute, versänke die Welt in einem Dämmer von ewigem Frieden, Ruhe und Stillstand, was wider die Natur von allem Leben wäre. Es würde sich nicht mehr fortpflanzen, in seiner Entwicklung verkümmern und so letztlich auch dem sicheren Untergang entgegensteuern. Nur eine gesunde Balance zwischen beiden Seiten sichert den Fortbestand unserer Welt."

„Heiliges Kanonenrohr!", seufzte Michael. „Selbst das einfache Freund-Feind oder auch Schwarz-Weiß-Schema stimmt nicht mehr. Da soll sich noch einer auskennen. Wenigstens blicke ich nun ein bisschen mehr durch. Danke für die Lehrstunde in Metaphysik, Rolfhardt."

„Gern geschehen, junger Mann."

„Kommen wir zurück zum aktuellen Thema", sagte Crystal und erhob sich, um eine zweite Runde Kaffee herbeizuschaffen.

„Wie können wir gegen unsere Gegner hier an Bord vorgehen?", fragte sie dann, während sie dabei am Kaffeeautomat hantierte.

„Ich weiß nicht sehr viel über diese üblen Gesellen", gestand Rolfhardt ein, „Aber es ist sicher, dass es sich um mindere Kreaturen der schwarzen Zunft handelt."

„Mindere Kreaturen?" Michaels Gesichtsausdruck zeigte eine seltene Mischung aus Skepsis und Unbehagen. „Ist das gut oder schlecht für uns?"

„Gut, mein kleiner Hasenfuß", bekam er von dem Mann aus Wien zur Antwort. „Das heißt nämlich, es sind keine sehr starken Dämonen oder Kreaturen. Mit Weihwasser, unseren Schutzamuletten und reichlich Salz können wir ihnen schon ganz gut zu Leibe rücken." „Mit Salz auch?", fragte Crystal interessiert, als sie mit dem Tablett samt frisch gefüllten Kaffeetassen zur Sitzgruppe zurückkehrte.

„Aber ja. Das wegen seines Geschmacks mit dem Blut verwandte Salz gilt als wirksames Bannmittel. Zum Beispiel ist es Brauch, beim ersten Besuch eines neu bezogenen Heims eine Handvoll Salz mitzubringen, da das Hexen und Dämonen fernhalten soll. Man sagt, die den Hexen bei ihren Sabbaten vorgesetzten Speisen seien ungesalzen gewesen, da der Teufel Salz verabscheue. Salz wird neben Merkur, Schwefel und Azoth in der Alchimie eines als eines der vier magischen Elemente bezeichnet."

„Azoth?", horchte Crystal auf. „Was ist denn das nun wieder?"

„So genau weiß ich das auch nicht. Im Weltbild der alten Alchimisten galt es als Vorstufe zum geheimnisvollen Stein der Weisen. Der französische Okkultist Eliphas Levi sagte, dass Azoth die Seele der Welt sei, wobei er sich den Stoff als eine Art Äthersubstanz vorstellte. Aber wir schweifen ab. Wie ich schon sagte, wir können unseren Freunden mit den vorhandenen Mitteln durchaus beikommen."

„Und wie wollen wir vorgehen?"

Michael schaute den hellhäutigen, blonden Vampir mit fragendem Blick an.

„Zweigleisig", meinte dieser.

„Zweigleisig?"

„Ja, Michael. Crystal, du hast doch in deinem Traum diesen Sabbat-Raum mit dem großen magischen Kreis gesehen?"

„Stimmt", antwortete die Engländerin und nippte an ihrer Kaffeetasse. „Was ist damit?"

„Das ist das Zentrum ihres Handelns, sozusagen ihr Anker nach NEGEM, durch den sie die ‚geerntete' Energie abfließen lassen", erläuterte der Vampir. „Diesen magischen Kreis müssen wir zerstören. Das werde ich übernehmen!"

„Wir sollen uns trennen?" Michael zeigte sich sehr skeptisch. „Ist das dein Ernst? Was, wenn die zu mehreren auf dich da unten einstürmen?"

„Na ja, umbringen können sie mich schlecht, ich bin ja eigentlich schon tot", witzelte Rolfhardt, wurde aber sofort wieder ernst, als er die betroffenen Gesichter seiner beiden neuen Freunde sah.

„Im Ernst, Leute. Ich habe da noch einiges auf Lager und werde mich meiner Haut schon zu wehren wissen. Zu etwas muss es ja schließlich gut sein, wenn man ein Vampir ist, bei all den Nachteilen, die dieser Zustand mit sich bringt."

„Du hast schon einen etwas morbiden Humor!", beklagte sich Michael.

„Demnach sollen Michael und ich den Kampf auf Deck aufnehmen?", nahm Crystal den Gesprächsfaden wieder auf.

Der blonde Wiener nickte. „Satyre und Schattennymphen sind Kreaturen der Nacht. Das agieren am helllichten Tag schwächt sie. Auch das Annehmen ihrer Tarngestalt kostet einiges an Kraft. Ihr beide solltet also in der Lage sein, gegen sie anzukommen."

„Dein Wort in Gottes Ohr", nuschelte Michael unbehaglich vor sich hin. „Wann legen wir los?"

„Nicht, bevor wir ausgiebig gefrühstückt haben!", bestimmte Crystal. „Wir müssen bei Kräften sein. Ich werde gleich was für uns beim Service bestellen."

„Dann lass auch gleich noch ein paar Kilo Salz vorbeibringen", schlug Rolfhardt vor.

„Da werden sie sich aber sehr wundern", meinte Crystal.

„Sag doch einfach, es sei für ein Bad gedacht, da ich an Schuppenflechte leide und mir die salzigen Bäder wunderbar helfen würde", sagte Michael. „Außerdem macht es ja nichts, wenn sie uns für sonderbar halten. Ich glaube, die erwarten das von reichen Leuten ja direkt."

„Ach ja, ich bin ja reich!", lachte Crystal. „Daran habe ich mich noch nicht wirklich gewöhnt. Dann bestelle ich also jetzt unser Frühstück und das Salz. Ihr könntet euch ja so lange schon mal umziehen und unsere Ausrüstung für die Operation ,Sauberes Schiff' zusammenstellen."

„Ich glaube ich werd' nicht mehr!", stöhnte Michael und griff sich an den Kopf. „Operation ,Sauberes Schiff'!"

Aber dann erhob er sich und folgte Rolfhardt Ethelbert Ronan von Schressen in dessen Zimmer, wo sie anfingen, das meiste ihrer mitgebrachten Jagdausrüstung, die im Wesentlichen aus Amuletten, Ringen, Ketten und Weihwasser bestand, für den bevorstehenden Einsatz herzurichten.

Jetzt ging es also los. Wie es um die Gefühlswelt Crystals und Rolfhardts stand, das wusste Michael, der ehemalige Versicherungsmakler aus Deutschland, nicht. Dafür umso besser, wie es um ihn selbst stand. Und er hatte ein wirklich, aber auch wirklich mulmiges Gefühl im Bauch.

Als es an der Tür zu ihrer luxuriösen Suite an Bord der MS SERPENTIA klopfte, schauten sich Crystal, Michael und der weiße Vampir Rolfhardt Ethelbert Ronan von Schressen gegenseitig kurz mit gespannter Miene an. Sie waren gerade damit beschäftigt, sich für ihr Eingreifen an Bord mit 'Waffen' auszustatten. Dabei handelte es sich um geweihte Kreuze und diverse, magische Schutzamulette aus Silber, silberne Dolche, Ringe, Phiolen, Taschenflaschen und Spritzpistolen mit Weihwasser und geweihte Kreide, um Schutzkreise zeichnen zu können. Auf das Klopfen hin unterbrachen die drei ihre geschäftige Tätigkeit.

„Ich werde gehen", sagte Rolfhardt dann leise zu seinen beiden Freunden.

Dann wandte er sich um und ging hinüber zur Tür. Es kam nicht von ungefähr, dass sich der Mann aus Wien angeboten hatte, das Türöffnen zu übernehmen. Als Vampir verfügte er über außerordentliche Körperkräfte, und auch schwarzmagische Wesen konnten ihn nicht einfach so überrumpeln. Entschlossen streckte Rolfhardt seine rechte Hand aus, ergriff den Türknauf, und nach einer leichten Rechtsdrehung desselben zog er die Kabinentür lautlos nach innen auf.

Draußen stand zu seiner Erleichterung nur ein weiß gekleideter Steward des Kreuzfahrtschiffes, der sich mit einem recht schweren Papiersack abmühte. Es war ein Mann um die vierzig, der dem Vampir freundlich entgegen lächelte,

„Hier ist das von Ihnen bestellte Salz, Sir", sagte er in freundlichem Ton. Der Mann war dabei sichtlich um einen neutralen Gesichtsausdruck bemüht, man merkte ihm jedoch eine gewisse Neugier durchaus an.

„Ah, das ist ja fein!", rief er aus und strahlte den Steward dabei an, als hätte er soeben seine Weihnachtsgeschenke erhalten.

Er öffnete die Tür einen Spalt weiter und trat halb auf den Gang hinaus, wo er die Hände nach dem Salzsack ausstreckte.

„Es tut mir Leid, wenn ich Ihnen einige Umstände bereitet habe", sagte er dabei entschuldigend. „Normalerweise regele ich solche Sachen vorher."

Rolfhardt beugte sich vor und fuhr in leise in verschwörerischen Ton zu sprechen fort.

„Schuppenflechte, wissen Sie? Salzwasser hilft da bei mir wunderbar, doch es ist mir unangenehm, im Pool baden zu gehen, wo alle den unschönen Zustand meiner Haut am Rücken und Bauch sehen können!"

„Aber ich bitte Sie, Sir", wehrte der Schiffsangestellte Dienst beflissen ab. „Das sind doch keine Umstände! Dafür haben wir doch vollstes Verständnis! Ich trage Ihnen das Salz gerne auch ins Zimmer!"

„Nein, nein", wehrte Rolfhardt höflich ab. „Das ist wirklich nicht notwendig, Geben Sie nur her, und lassen Sie sich bitte vom Zahlmeister zehn Pfund als Trinkgeld für Sie auf unsere Rechnung setzen, ja?"

„Oh, vielen Dank Sir!", rief der Mann über das ganze Gesicht strahlend aus, während er dem Wiener Vampir den Salzsack überreichte. „Das ist wirklich sehr großzügig von Ihnen!"

Von Schressen nickte dem Steward noch einmal kurz freundlich zu und kehrte dann mit dem angelieferten Salz in die Suite der drei selbst erkorenen Dämonenjäger zurück.

„Das war unser Waffenlieferant", rief er Crystal und Michael mit breitem Grinsen im Gesicht entgegen, während er mit seiner Rechten den sicherlich zehn Kilogramm schweren Sack in die Höhe hob, so als würde er so gut wie nichts wiegen.

„Schau dir den Angeber an!", beschwerte sich Michael bei der gemeinsamen Freundin. „Tut so, als wäre er richtig stark, und dabei ist er bloß ein Vampir!"

Crystal prustete daraufhin explosionsartig los und lachte laut, bis ihr die Tränen kamen. Michael stand schmunzelnd daneben, und auch Rolfhardt bekam sein Grinsen nicht mehr aus dem Gesicht. Es tat den dreien gut, durch Michaels Scherz ein wenig von ihrer Anspannung regelrecht weg lachen zu können. Schließlich standen sie kurz davor, zum Angriff gegen die Satyre und Schattennymphen an Bord der MS SERPENTIA überzugehen. Während Rolfhardt in seinem mehr als 250-jährigen Leben schon die eine oder andere Auseinandersetzung mit den Schattenmächten ausgefochten hatte, war es für den jungen Deutschen und die Frau aus London doch so etwas wie eine Premiere. Sie konnten zwar schon vor nicht allzu langer Zeit aus einem Vampirhaus flüchten und später noch auf einem Friedhof einen Ghoul töten, doch das war mit der jetzigen Situation nicht vergleichbar. Damals verteidigten sie sich instinktiv gegen einen Angriff auf ihr Leben. Dieses Mal sollten sie selbst es sein, die den Kampf eröffneten. Einen Kampf, für den ihnen eigentlich die Erfahrung fehlte. Kein Wunder also, dass ihre Nervenanspannung mit jeder Minute, in der diese Auseinandersetzung näher rückte, wuchs und wuchs. Aber sie hatten einen Entschluss gefasst, nämlich den, die dunklen Mächte zu bekämpfen, die ihnen selbst nach dem Leben trachteten. Der Wille zu überleben war stärker als ihre eigene Angst. Und mit Rolfhardt als Verbündeten an ihrer Seite sahen sie den bevorstehenden Kampf sogar mit so etwas wie einem Funken Zuversicht entgegen.

Der weiße Vampir stellte den Salzsack zwischen sie und schlitzte ihn dann mühelos mit dem Fingernagel seines rechten Daumens auf. Die weißen Salzkristalle funkelten im Licht der Zimmerbeleuchtung.

„Deckt euch reichlich damit ein", forderte er die beiden Gefährten auf. „Wir werden auf unserer Tour um jedes Körnchen davon dankbar sein!"

Gemeinsam füllten sie sich ihre Taschen. Crystal hatte extra ein nettes, fliederfarbenes Jackett zu ihrem cremeweißen Kostüm angezogen, um genügend Taschen für das Salz und die anderen Utensilien zur Verfügung zu haben.

„Was mich wundert...", überlegte Michael laut, während er das Salz in seine Jackentaschen schaufelte, „...ist, dass die Schiffsbesatzung und die anderen Leute an Bord wohl noch nichts von dem mitbekommen haben, was in der vergangenen Nacht geschehen ist. Der Matrose, der das Salz brachte, schien sich jedenfalls völlig normal benommen zu haben. Man sollte meinen, dass die wegen der Ereignisse in der vergangenen Nacht nervöser sein müssten."

„Ich erwähnte doch schon, das Schattennymphen und Satyre Meister der Einflüsterung und Täuschung sind", erläuterte Rolfhardt. „Die könnten vor deinen Augen einen Mord begehen und die Leiche von dir beseitigen lassen, und du würdest es nicht bemerken. Achtzehn von Ihnen sind da ziemlich mühelos in der Lage, einem ganzen Schiff vorzugaukeln, dass alles in bester Ordnung sei."

„Na, du machst mir Spaß!", murmelte der ehemalige Versicherungsmakler beunruhigt vor sich hin.

Rolfhardt seufzte mit einem ergebenen Augenaufschlag.

„Oh Michael, du solltest dir abgewöhnen Fragen zu stellen, wenn dir die Antworten darauf sowieso nicht gefallen. Sind alle soweit?"

Letzteres bezog sich auf die Ausstaffierung mit den Mitteln zur Dämonenabwehr.

„Nein!" - „Ja!", erscholl es gleichzeitig von Michael und Crystal.

Die Augen der jungen Frau und des Vampirs richteten sich auf den brünetten Deutschen, der betreten von einem zum anderen schaute.

„Na ja...", druckste er verlegen herum. „Ich bin nicht so weit – wenn man jemals freiwillig für die Jagd auf finstere Wesen bereit sein kann. Mir schlottern die Knie. Aber meine Mutter sagte immer schon zu mir, dass man seine Alpträume am besten los wird, wenn man deren Ursachen bekämpft. Deshalb bestand sie immer darauf, dass ich selbst nachsehe, ob unter dem Bett tatsächlich Ungeheuer lauern." Er atmete noch einmal tief durch. „Also, dann lasst uns mal zusammen unter dem Bett nachsehen, Leute!"

„Gut!", meinte Rolfhardt mit zufriedenem Lächeln. „Für einen lebenden Menschen bist du wirklich tapfer! Ich schlage vor, dass wir uns teilen. Du und Crystal solltet auf Deck unsere Freunde jagen, ich werde das gleiche unter Deck tun."

„Hältst du es wirklich immer noch für eine gute Idee, wenn wir uns trennen?", fragte Crystal und schaute den Vampir aus ihren intensiv grünen Augen verunsichert an.

„Wir müssen, Mädchen!", erwiderte Rolfhardt ernst. „Wie ich schon erklärt habe, ist es von immenser Wichtigkeit, dass ich diese Kabine finde, in der sich das magische Symbol, die Verbindung zum NEGEM befindet. Ich kann nur dort den Energieabfluss ins Reich des Negativen beenden, indem ich den magischen Kreis, sozusagen ihren schwarzen Altar also, zerstöre!"

„Und du meinst, wir beide können die Schlacht an Deck

ohne dich schlagen?" Michael zeigte sich noch sehr skeptisch, was der Tonfall seiner Stimme und sein Gesichtsausdruck mehr als deutlich verrieten.

„Unbedingt!", antwortete von Schressen gerade heraus. „Ich habt alles, was ihr dazu benötigt. Außerdem sind es Schattenwesen, also Kreaturen, die das Tageslicht schwächt. Sie können nicht ihre volle Kraft entfalten. Es kommt außerdem noch ein Faktor hinzu."

„Der wäre?"

„Crystal!"

„Ich?", rief die Londonerin mit überrascht aufgerissenen Augen aus.

„Ja, Crystal, du!", antwortete Rolfhardt ernsthaft. „Wir wissen alle, dass du über gewissen Fähigkeiten verfügst. Du konntest die Gedanken von Michael und auch von der kleinen Belinda empfangen, und du hast die Vorgänge der vergangenen Nacht, den Beginn ihrer Ernte, im Geiste miterlebt. Es ist dir möglich, dein Äußeres nur durch deinen Willen zu verändern. Verriegelte Schlösser springen auf, wenn du sie berührst. Du wusstest in Blair House Bescheid, ohne jemals zuvor dort gewesen zu sein. Wer weiß, was du sonst noch so auf Lager hast!"

Rolfhardts blaue Augen musterten die schlanke Gestalt Crystals, als könne er dadurch herausfinden, welche Kräfte darin wohl noch verborgen sein mochten. Die junge Frau fühlte sich unbehaglich dabei.

„Hör bloß auf, sonst bekomme ich noch Angst vor mir selbst!", sagte sie deshalb zu dem Wiener Aristokraten.

„Vielleicht kannst du ja die bösen Biester von Bord vertreiben, wenn du vor ihnen deine Haarfarbe wechselst?", feixte Michael und setzte ein „Autsch!" hinterher, als ihm die Freundin daraufhin kräftig in die Seite knuffte.

„Lass den Blödsinn!", schimpfte sie. „Mir ist überhaupt nicht nach Albereien zumute. Statt herum zu witzeln sollten wir endlich aufbrechen. Sonst stehen wir noch hier herum, bis es wieder Abend geworden ist!"

Michael und Rolfhardt nickten ihr stumm zu.

„Okay, dann los!"

Sie begaben sich gemeinsam zur Tür und verließen die

luxuriöse Schiffs-Suite ohne weiteres Zögern. Rasch nahmen sie den kurzen Gang hinüber zur Liftanlage, wo sie den Fahrstuhl mittels Druck auf den Rufknopf herbei beorderten. Zwei Stockwerke weiter unten verließen Michael und Crystal die Kabine auf dem Lido-Deck, von wo aus die beiden ihren Teil des Feldzuges beginnen wollten, während der weiße Vampir im Aufzug zurück blieb, da er ja weiter im Inneren des Kreuzfahrtschiffes auf die Jagd gehen wollte.

Rolfhardt Ethelbert Ronan von Schressen wünschte seinen beiden neuen Freunden Hals- und Beinbruch für die nicht ungefährliche Mission. Er hoffte inbrünstig vor allem darauf, dass dem jungen, hübschen Deutschen nichts passieren mochte. Der alte, Wiener Vampir hatte sich ernsthaft in Michael verguckt und schickte ihm einen sehnsüchtigen Blick hinterher. Ob er es wohl schaffen würde, den schlanken, netten Mann für sich zu gewinnen? Von Schressen konnte sich kaum daran erinnern, wann er das letzte Mal wirkliche Liebe für einen lebenden Menschen empfunden hatte. Seine Gedanken wanderten für einen Moment weit in die Vergangenheit zurück, zu jenen Tagen, als er zum ersten Mal in bedingungsloser Liebe zu einem anderen Mann entflammte, damals Im Jahre 1765, in Wien. Sein damaliger Liebhaber war jener Vampir gewesen, der Rolfhardt zu dem machte, was er heute war. Ihre Liebe endete, als Rolfhardt sich weigerte, andere Menschen zur seiner Ernährung zu töten und zum weißen Vampir wurde. Ein Seufzen entrang seinen blassen Lippen, als sich die Aufzugtüre wieder schloss. Leise summend setzte sich die Liftkabine wieder abwärts in Bewegung. In weniger als zwei Minuten beförderte sie so den Mann bis hinunter in den Bereich des Kreuzfahrtschiffes, in dem sich die Mannschaftsunterkünfte befanden, und in dem normale Passagiere eigentlich nichts zu suchen hatten. Nach Crystals Schilderung ihrer Traumvisionen vermutete er die Kabine mit den schwarzen Wänden und dem magischen

Kreis auf dem Boden am ehesten hier unten. In den Passagierebenen wäre das lästerliche Treiben der schwarzen Kreaturen trotz all deren Möglichkeiten zur Verschleierung und Täuschung mit großer Sicherheit doch aufgefallen. Hier unten gestaltete sich die Umgebung jedoch weitaus ruhiger. Ein großer Teil der Mannschaft arbeitete, der andere Teil ruhte sich aus. Die Gänge lagen somit die meiste Zeit an Bord wie ausgestorben da. Ideales Terrain für geheime Umtriebe also.

Als der Lift ein zweites Mal anhielt und sich öffnete, trat Rolfhardt auf einen T-förmigen Gang hinaus. Er hatte damit die Wahl, nach rechts, links oder geradeaus zu gehen. Der Vampir entschied sich für den geraden Weg voraus. Leise schlich er den Gang entlang, darauf konzentriert, mit seinem äußerst feinen Gehör auch noch das leiseste Geräusch wahrzunehmen. Schließlich wollte er nicht unangenehm überrascht werden.

Sofort fiel ihm auf, dass eine geradezu gespenstische Ruhe herrschte. Wenn hier unten, so tief im Schiff, naturgemäß wenig Verkehr herrschte, so schien ihm das, was er antraf, schon mehr als ungewöhnlich. Hätte es nicht das allgegenwärtige Vibrieren und Summen des Schiffsantriebs gegeben, es würde eine absolute Totenstille hier im Mannschaftsbereich herrschen. Ein Zustand, der ganz und gar nicht der Realität entsprach. Rolfhardt vermutete stark, dass auch hier die Boten aus dem Reich der Finsternis ihre unheiligen Hände mit im Spiel hatten. Auf der anderen Seite bedeutete es aber auch für von Schressen, dass sich der weiße Vampir tatsächlich der Kabine mit dem schwarzen Mal näherte.

Ein Geräusch ertönte, welches ihm in der tiefen Stille überlaut erschien. Es war der Aufzug, den Rolfhardt eben erst vor wenigen Minuten selbst verlassen hatte. Jemand in einem anderen Stock rief die Kabine zu sich. Und dieser Jemand könnte sie womöglich hier unten auf dieser Ebene wieder verlassen. Der blonde Wiener zog sich rasch in einen Nebengang zurück, in dem kein Licht brannte, so dass ihn die Dunkelheit wenigstens für den Moment verbarg. Denn Schattennymphen und Satyre sahen im Dunkeln mindestens genauso gut wie ein Vampir, so dass

Rolfhardt im Prinzip nur den Überraschungsmoment für sich nutzen konnte.

Seine Anspannung wuchs, als seine Ohren tatsächlich vernehmen konnten, dass sich die Lifttür auf dieser Ebene öffnete. Leise Schritte näherten sich seinem Standort.

'Wenigstens scheint es nur einer zu sein', dachte der Vampir bei sich, und er bereitete sich innerlich auf einen bevorstehenden Kampf vor. Immer näher kam das Schrittgeräusch, und als eine Person im erleuchteten Korridor an dem dunklen Gang vorbei ging, hielt Rolfhardt unwillkürlich seinen Atem an. Es war tatsächlich einer der weißblonden Kuckucksmenschen. Ein Gegner, zum Greifen nah!

Blitzschnell ging Rolfhardt einige mögliche Szenarien im Geiste durch, dann hatte er sich für eine Vorgehensweise entschieden. Nahezu lautlos verließ er den dunklen Gang und folgte dem als Mensch getarntes Schattenwesen nach. Da es sich um einen der weißblonden Männer handelte, war sich Rolfhardt sicher, einen Satyr vor sich zu haben. Als sich dieser nur noch etwa zwei Meter von ihm entfernt befand, rief er ihn laut an: „Himmel – endlich treffe ich mal jemanden hier unten!"

Rolfhardt gab sich dabei alle Mühe, wirklich erleichtert zu klingen.

Der Satyr in Menschengestalt zuckte unterdessen wie unter einem Peitschenhieb zusammen und fuhr blitzschnell herum. Aus zusammengekniffenen Augen starrte er den weißen Vampir misstrauisch an. Dieser gab sich betont unbefangen.

„Ich habe mich total verirrt, müssen Sie wissen", gab er mit kummervoller Miene von sich, während er mit in hilfloser Geste ausgebreiteten Armen näher kam.

„Eigentlich wollte ich mich hier unten mit einem schmucken Matrosen treffen, um ein bisschen...na, Sie wissen schon zu treiben", fügte er dann noch augenzwinkernd hinzu.

Das Schattenwesen gab jedoch keinen Laut von sich und starrte nur weiterhin Rolfhardt aus seinen stechend dunklen Augen heraus an.

„Das hier unten ist wirklich ein absolutes Labyrinth",

plapperte der scheinbar unbefangen munter weiter. „Auf den Passagierdecks gibt es wenigstens jede Menge Hinweisschilder. Doch hier unten? Fehlanzeige Wie finden sich die Matrosen da bloß zurecht? Aber vielleicht können Sie mir helfen? Ich suche die Mannschaftskabine 32c. Dort wartet meine Verabredung auf mich."

Doch der Satyr stieß nur ein verächtliches Zischen aus, drehte sich dann wortlos wieder herum und wollte seinen Weg fortsetzen.

„Wer wird denn so unhöflich sein, und einfach gehen?", rief ihm Rolfhardt in sarkastischem Tonfall hinterher, machte einen weiten Satz direkt hinter die als Mensch getarnte Kreatur des Bösen, und legte ihm rasch seine rechte Hand auf dessen linke Schulter.

Wütend fauchend drehte sich der Satyr erneut zu Rolfhardt um und wollte gleichzeitig die Hand des Vampirs von seiner Schulter stoßen. Doch das gelang ihm nicht, denn der Mann aus alter, österreichischer Aristokratie hatte sich förmlich an der Schulter des Wesens in Menschengestalt festgekrallt. Überraschung spiegelte sich in dem hellhäutigen Gesicht wieder. Der Satyr starrte den Vampir ungläubig an.

„Pech gehabt, Freundchen!", sagte dieser verächtlich grinsend. „Mit mir hast du nicht so leichtes Spiel, wie mit den anderen Gästen an Bord!"

Wie auf dieses Stichwort hin begann sich die Gestalt des schlanken, weißblonden Mannes vor Rolfhardt rasend schnell und auf erschreckende Art und Weise zu verändern. Die Kleidung löste sich auf, als wenn sie nie existiert hätte. Gleichzeitig färbte sich die Hautfarbe in ein nachtdunkles, fast schwarz wirkendes Blau. Die zu Bockshufen verformten Beine überzogen sich mit krausem, schwarzem Fell. Aus dem Schritt heraus reckte sich ein ordinär großes Geschlechtsteil von Schressen entgegen. Der haarlos gewordene Kopf schmückte sich dafür mit zwei fingerlangen, spitzen Hörnern auf der Stirn. Und spitz nach oben liefen nun auch die Ohren aus. Gelbe, wie bei Ziegen oder Gämsen quer geschlitzte Pupillen funkelten den Mann aus Wien tückisch an. Und aus dem mit spitzen, gelblichen Zähnen angefüllten, geifernden Mund drang faulig riechender Brodem. Überhaupt entströmte der auf einen normalen Menschen furchteinflößend wirkenden Gestalt ein den Atem raubender, tierhafter Gestank. Doch Rolfhardt Ethelbert Ronan von Schressen war eben kein normaler Mensch und zeigte sich so von der schrecklichen Metamorphose nur mäßig beeindruckt.

„Sieh mal an, man geruht uns sein wahres Gesicht zu zeigen!", höhnte er stattdessen. „Willst du meines auch mal sehen?"

Mit diesen Worten kehrte Rolfhardt sein Vampir-Ich nach außen. Schlagartig bleich gewordene Haut, spitz hervor schießende Eckzähne, riesig erscheinende Augen mir rot geäderten Skleren und nur Punkt großen, stechend schwarzen Pupillen. Die Finger seiner Hände waren knochig dürr geworden, mit Krallen gleichen Fingernägeln, die sich tief in das schwarze, verdorbene Fleisch des Satyrs bohrten. Damit wurde das schwarzmagische Wesen völlig überrumpelt. Ein entsetztes Kreischen von sich gebend, versuchte es sich abzuwenden, sich aus dem Griff Rolfhardts zu winden. Doch der ließ nicht los. Im Gegenteil, mit lautem und wütendem Fauchen riss er die Alptraumhafte, stinkende Gestalt an sich. Ein wüstes Gerangel entstand, bei dem der weiße Vampir versuchte, seinen Gegner in den Schwitzkasten zu bekommen, während dieser alles daran setzte, sich aus der Umklammerung von Schressens zu befreien. Der Satyr versuchte zu beißen und zu treten, doch von Schressen bekam die Kreatur der Finsternis immer besser zu fassen. Schließlich hatte er ihn in eine Art Schwitzkasten genommen. Rasch griff der Vampir in seine Jackentasche und holte eine Hand voll Salz daraus hervor.

„Friss das, du Scheusal!", fauchte er und trieb seine Faust derart in den Rachen seines Gegners, dass dessen gelbliche Zähne splitterten und er ein schmerzerfülltes Jaulen ausstieß.

„Na, wie schmeckt dir das Salz?", schrie Rolfhardt triumphierend. „Wie schmeckt es dir, Schmerzen zugefügt zu bekommen, zu leiden, so wie ihr die Menschen leiden lasst und ihnen Schmerz zuführt?"

Das Wesen aus der Finsternis griff sich an seinen Hals,

100

würgte und spuckte. Dann brüllte es wie ein verwundetes Tier auf und stürzte mit verdrehten Augen zu Boden, wo es sich in konvulsischen Krämpfen wand und zuckte. Schwarzer Schaum trat vor sein geiferndes Maul, wo das Salz nun seine auf den Satyr zerstörerische Kraft voll entfaltete. Wie Säure fraß es sich durch das verdorbene Fleisch der Kreatur. Und dort, wo es sich durch die äußeren Schichten der Haut geätzt hatte, trat eine ölig schimmernde, Blasen werfende und stinkende Flüssigkeit aus und troff auf den metallenen Boden des Ganges.

Rolfhardt trat mit angewidertem Gesichtsausdruck zurück und hielt sich eine Hand vor Mund und Nase, während seine Gestalt langsam wieder ihren Normalzustand annahm.

„Ekelhaft bis in den Tod", murmelte er und war sich bewusst, dass auch er dereinst, vor mehr als zweihundert Jahren, nur um Haaresbreite daran vorbei geschrammt war, ebenfalls eine Kreatur der Finsternis zu werden.

Minuten später zeugte nur noch eine große, schwarze, leise vor sich hin blubbernde Pfütze, von dem Kampf, der sich kurz zuvor hier zugetragen hatte. „Einen im Sack, siebzehn noch an der Backe. Dann wollen wir mal sehen, wo die Höllenbrut ihr Nest hat!"

Leichten Fußes sprang der weiße Vampir über die stinkende, langsam eintrocknende Lache hinweg und setzte seine Suche nach der Kabine mit dem magischen Kreis auf dem Boden fort.

Kurz dachte er daran, wie sich wohl seine beiden Freunde und Gefährten in diesem Kampf zwischen Gut und Böse schlagen würden. Doch dann konzentrierte von Schressen sich wieder auf seine eigene Aufgabe, die hier unten im Mannschaftsbereich auf ihn wartete.

Etliche Stockwerke über ihm bereiteten sich derweil Crystal und Michael auf ihre erste Auseinandersetzung mit den Kuckucksmenschen vor. Am sinnvollsten erschien es ihnen dabei, den Gegner im Spielcasino der MS SERPENTIA zu suchen. Wo konnte man einen Menschen leichter zu sündhaftem Verhalten verführen, als dort? Tatsächlich mussten die beiden auch nicht lange suchen, bis sie einen der markanten, weißblonden Schöpfe in der Menschenmenge entdeckten. Es handelte sich um einen weiblichen Vertreter dieser Gruppe, und so mit ziemlicher Sicherheit um eine der Schattennymphen.

Schlank, wie alle der Weißblonden, mit einem eleganten, hellgrauen Hosenanzug bekleidet. Sie saß an einem Roulettetisch, neben einer älteren Frau mit graubraunen Haaren, die ein konservativ geschnittenes Kostüm mit buntem Blumenmuster trug. Crystal kam diese Gestalt seltsam bekannt vor, wenngleich sie die Person ja nur von hinten sehen konnte. In diesem Moment wurde links neben der älteren Frau ein Platz am Tisch frei. Sofort steuerte die Engländerin darauf zu und zog Michael, der gar nicht wusste, wie ihm geschah, einfach mit sich. Am Tisch angekommen, nahm Michael hinter Crystal Aufstellung, die sich sogleich auf dem freien Sitzplatz niedergelassen hatte. Nun erkannte sie auch, warum die Frau im Blumenkostüm ihr so bekannt vorkam.

„Hallo Mrs. Kershaw, was für ein Zufall!", begrüßte sie Belindas Großmutter betont herzlich. „Ich dachte, Sie machen sich nichts aus Glücksspiel?"

Die Angesprochene wandte ihre Gesicht Crystal zu. Einen Moment lang wirkte der Blick aus ihren dunkelbraunen Augen abwesend, verschleiert, und es schien, als würde die ältere Dame im Moment gar nicht wissen, wer sie da gerade beim Namen genannt hatte. Doch dann blinzelte sie, schüttelte leicht ihren Kopf, wie, um eine

Benommenheit los zu werden, und fing zu lächeln an, als ihr die Anwesenheit der jungen und hübschen Frau aus London bewusst wurde, mit der sie sich am Tag zuvor so angeregt und angenehm beim Cream-Tea unterhalten hatte.

„Oh Hallo, Crystal", rief sie erfreut aus. „Wie schön Sie zu sehen. Ich hoffe, Sie genießen diese herrliche Kreuzfahrt immer noch?"

„Aber ja, doch, Mrs. Kershaw", antwortete Crystal und zwinkerte ihr dabei freundlich zu. „Ich hatte mir vorgenommen, mich heute ein wenig am Roulette-Tisch zu vergnügen. Doch als ich dann gesehen habe, dass Sie hier sitzen, wunderte ich mich doch sehr. Haben Sie mir nicht gestern noch erzählt, dass Sie nur ab und zu mal Bingo oder Bridge im Frauenclub spielten, sonst aber mit Glücksspiel nichts am Hut hätten?"

„Wie? Oh? Habe ich das?"

Die Großmutter der kleinen Belinda aus Crystals Traum schien verwirrt zu sein. Sie legte ihre Stirn in Falten, als müsse sie angestrengt über das Gesagte nachdenken.

„Ach ja...", sagte sie dann plötzlich, und ihre Miene hellte sich auf. „Wie konnte ich das nur vergessen – Linda meinte heute Morgen, ich solle es doch mal versuchen, denn womöglich würde mir es ja Spaß machen." Mrs. Kershaw kicherte zu ihren Worten wie ein kleines Mädchen.

„Linda?"

„Ja, hier neben mir, das ist Linda", erklärte Belindas Großmutter eilfertig und drehte sich halb zu der hellblonden Gestalt im grauen Hosenanzug hinter ihr um.

„Linda, das ist Crystal...Oh, jetzt habe ich doch tatsächlich Ihren Nachnamen vergessen!"

Darüber schien die ältere Dame äußerst betrübt zu sein. Ihr Gesicht sprach jedenfalls Bände. Die von ihr als 'Linda' vorgestellte Frau zeigte stattdessen unverhohlen ihren Missmut über die unwillkommene Störung durch die Ankunft Crystals am Spieltisch.

„Finden Sie es gut, eine ältere Dame, die über kein großes Vermögen verfügt, zu so etwas Riskantem wie das Roulettespielen zu verführen?", richtete Crystal ihre nächste Frage in äußerst frostigem Tonfall an eben diese Linda. Aus ihren intensiv grünen Augen sprühte dabei förmlich ihr Zorn hervor. Außerdem hatte sie das Wort 'verführen' in ihrer Frage extra betont.

„Das geht Sie einen feuchten Kehricht an!", fauchte die getarnte Schattennymphe als Antwort. „Klemmen Sie sich Ihren dümmlich grinsenden Dandy hinter Ihnen unter den Arm und verschwinden Sie endlich, damit Victoria und ich ungestört ein paar Runden hier am Tisch spielen können!"

„Aber meine Damen, streiten Sie sich doch nicht!", versuchte Mrs. Kershaw Crystal und ihre Gegnerin zu beruhigen.

Michael ergriff daraufhin auf einen Wink Crystals die ältere Dame am Arm.

„Kommen Sie, meine Dame", flötete er ihr liebenswürdig und freundlich lächelnd zu. „Mein Name ist Michael. Ich bin ein Verwandter Crystals und würde mich freuen, wenn Sie mir bei einem Drink an der Bar ein wenig Gesellschaft leisten würden. Crystal erzählte mir, dass Sie eine ganz reizende Person seien. Und ich finde, sie hatte mit ihrer Beschreibung vollkommen recht!"

„Ach ja? Wie nett von ihr!"

Belindas Großmutter war augenscheinlich viel zu verwirrt, um mitzubekommen, was sich da zwischen den beiden zurückbleibenden Frauen anbahnte. Und so folgte sie zu Crystals Erleichterung dem netten jungen Mann, ohne sich noch einmal umzudrehen.

„Was fällt Ihnen ein?", echauffierte sich die Schattennymphe, die sich um ein vermeintlich sicheres Opfer betrogen sah.

Doch Crystal ging auf diese wütend hervor gestoßene Frage überhaupt nicht ein.

„Halt die Klappe, du Scheusal!", fuhr sie der Kreatur zischend über den Mund. „Ich habe hier ein Geschenk für dich!"

Mit diesen Worten zog sie eine Kette mit einem magischen Schutzzeichen, einem Pentagramm als Anhänger, hervor und streifte es mit einer schnellen Bewegung über den Kopf der Schattennymphe. Die wusste gar nicht, wie ihr geschah, so schnell ging diese Aktion vonstatten.

„Na, wie gefällt dir dein Geschenk?", fragte Crystal

verächtlich, während sie die schlanke Gestalt in ihrem hellgrauen Hosenanzug aufmerksam musterte.

Diese stieß ein Keuchen aus, und ihre Hand fuhr in einem Reflex zu dem Amulett, welches nun auf dem Stoff der hellen Bluse baumelte. Doch als die Finger das silberne Pentagramm berührten, war ein leises Zischen zu hören, und die Hand zuckte mit verbrannten Fingerspitzen wieder zurück.

Die als Mensch getarnte Kreatur der Finsternis starrte nun aus vor Schreck geweiteten Augen zwischen ihren angekohlten Fingerspitzen und Crystal hin und her. Gleichzeitig spürte sie, wie das silberne Amulett sie zu schwächen begann. Langsam gaben ihre Knie nach und sie wäre zu Boden gestürzt, hätte Crystal sie nicht im letzten Moment aufgefangen. Mit eisernem Griff zehrte die selbst ernannte Kämpferin gegen das Böse wieder nach oben und begann, sie in Richtung Ausgang zu bugsieren.

„Meiner Freundin ist schlecht geworden", begegnete sie mit ihrer Erklärung einigen verwunderten Blicken von anderen Roulette-Spielern rund um den Tisch, die natürlich am Rande mitbekamen, dass da irgendetwas vor sich ging. „Zu viele Drinks und zu wenig Schlaf, Sie verstehen?" Wissende Blicke und bedächtiges Kopfnicken war die Antwort. Der eine oder andere Gesichtsausdruck verriet zudem eine gewisse Schadenfreude, hatten sie die hellgrau gekleidete Frau doch als eher unsympathische Zeitgenossin erlebt. Daher schenkte niemand den sich nun entfernenden Gestalten weitere Beachtung. Man wandte sich lieber wieder dem Naheliegenden, und damit dem Glücksspiel zu.

„So, meine Liebe, wir beide begeben uns nun ein wenig an die frische Luft", zischte Crystal der geschwächten Frau zu. Diese versuchte zwar einige Abwehrbewegungen, doch das Silber des Schutzzeichens und der Kette, an der es hing, schwächte sie zusehends. Crystal zeigte sich sehr überrascht darüber, wie schwach diese Kreatur des Bösen tatsächlich zu sein schien und schöpfte aus dieser Erkenntnis Zuversicht für den gemeinsamen Kampf gegen die Kuckucksmenschen.

Energisch bugsierte sie jetzt die Schattennymphe nach draußen auf Deck. Sie musste sich beeilen, denn das geweihte Silber des Amuletts um den Hals des Wesens entfaltete immer stärker seine Wirkung. Hier und da tauchten schon dunkle Verfärbungen auf der Haut auf. Es fiel der Nymphe offenbar immer schwerer, ihre Tarnung aufrecht zu erhalten. Als wesentlich Unangenehmer empfand die Engländerin jedoch die Tatsache, dass die wirklichen Körperausdünstungen der Schattenkreatur für sie mittlerweile sehr real geworden waren. Der Gestank raubte ihr fast den Atem. Die Londonerin versuchte so weit wie möglich durch den Mund zu atmen und schaffte es trotz der Widrigkeiten und der zunehmend schwerer in ihren Armen hängenden Kreatur, diese draußen vor dem Casino, auf der umlaufenden Promenade, in einen ruhigen Winkel direkt an der Reling zu bugsieren.

„Was...was hast du...mit mir vor?", krächzte die geschwächte Nymphe, deren Gesichtszüge ein unheilvolles Eigenleben entwickelt hatten und das Gesicht zu einem grauenhaften Zerrbild eines Menschen formten, welches zudem in ständiger Bewegung ergriffen zu sein schien.

Das Wesen klammerte sich an der metallenen Reling fest und hing schwer mit dem sich immer stärker verändernden Oberkörper darüber.

„Wegen dir und deinesgleichen sind hier an Bord Menschen gestorben, du...widerliches Ding!", spie Crystal ihre Abscheu und ihren Zorn der Kreatur entgegen. „Und außerdem stinkst du schlimmer wie ein ganzer Schweinestall! Das ist ekelhaft. Du solltest dringend ein Bad nehmen!"

Mit diesen Worten gab sie der Schattennymphe einen heftigen Stoß gegen ihre Brust. Wie in Zeitlupe kippte das Wesen der Finsternis über die Reling hinweg. Es versuchte zwar noch, sich am Metall festzuklammern, doch das Silber an der Kette um seinen Hals hatte es zu sehr geschwächt. Die Finger rutschten ab und die Gestalt stürzte den schäumenden Wellen entgegen. Kurz, bevor es auf der Wasseroberfläche aufschlug, riss es seine Hände vor das Gesicht und kreischte tierhaft auf. Im nächsten Moment hatten die dunklen Fluten des Meeres das Wesen verschlungen.

Crystal trat an die Reling hin und sah nach unten. Dort, wo

die Schattenkreatur verschwunden war, brodelte und schäumte das salzige Wasser heftig, eine Reaktion des verdorbenen Fleisches mit dem Salz des Meeres. Die junge Engländerin starrte noch eine ganze Weile heftig atmend auf die Stelle an der Wasseroberfläche hinunter. Erst nach einigen Minuten, als sie diesen Punkt nicht mehr von schäumenden Wellen unterscheiden konnte, wandte sie sich wieder ab. Sie versuchte, ihren vom Adrenalinausstoß aufgeputschten Körper wieder zu beruhigen. Widersprüchliche Gefühle tobten in Crystals Inneren. Zum einen war da die Genugtuung darüber, eine Kreatur des Bösen zurück in die Hölle geschickt zu haben. Zum anderen war der jungen Frau nun sehr klar, dass sie einen Kampf begonnen hatte, der so schnell nicht zu Ende zu führen war. Die Wesen der Finsternis, mit denen sie es hier an Bord zu tun hatten, mochten schwach und leicht zu überwältigen sein. Doch es würde andere Gegner geben. Mächtigere, gefährlichere. Aber sie selbst und ihr Freund Michael Fux würden lernen, auch mit Hilfe Rolfhardts, diesen Feinden zu begegnen und gegen sie zu bestehen. Bis es soweit war, lag erst einmal die Aufgabe vor ihnen, dieses Schiff von den Schattennymphen und Satyren zu befreien. Und das, bei Gott, das würden sie auch tun.

Voller Nachdenklichkeit starrte Crystal Blair über die Reling der MS SERPENTIA hinunter auf das Meer. Ihr Blick ruhte immer noch auf dem rasch zurückbleibenden Fleck schäumenden und brodelnden Wassers, dort, wo die Fluten des atlantischen Ozeans soeben eine der Schattennymphen verschlungen hatte. Eine jener Kreaturen, geboren in der Finsternis der negativen Sphäre NEGEM, die an Bord des Kreuzfahrtschiffes ihr Unwesen trieben, indem sie die Passagiere zu Todsünden verleiteten, um die dadurch entstehende negative Energie ihrer Sphäre zuzuleiten.

Als der Fleck schäumenden Wassers nicht mehr von den anderen Wellen im Graublau der Fluten zu unterscheiden war, riss sich Crystal von dem Anblick los und eilte zurück ins Innere des Schiffes. Dort wartete der junge Deutsche Michael Fux, Freund, Schicksalsgenosse und Kampfgefährte gegen das Böse, der bei Mrs. Kershaw, der Großmutter des kleinen Mädchens Belinda aus ihrem Warntraum, zurück geblieben war. Crystal suchte die beiden zunächst an der Bar, fand sie aber letztlich ein wenig Abseits auf einer Couch sitzend. Die ältere Frau barg ihr Gesicht in den Händen und schluchzte bitterlich. Michael saß ein wenig hilflos wirkend neben ihr und versuchte, soweit er es vermochte, ein wenig Trost zu spenden. Als Crystal sich den beiden näherte, hob der schlanke, braunhaarige Mann seinen Kopf und blickte ihr aus seinen sanften, rehbraunen Augen entgegen. Erleichterung spiegelte sich in seinen Gesichtszügen wieder, als er die Freundin unverletzt sah.

Crystal ging neben der älteren Damen mit den weißgrauen Haaren und dem mit bunten Blumen gemusterten Kostüm in die Hocke und legte ihr beruhigen ihre Hand auf die Schulter.

„Mrs. Kershaw", sagte sie sanft zu Belindas weinender Großmutter. „Was ist denn los? Kann ich Ihnen helfen?"

Die Angesprochene hob ihren Kopf und blickte die Engländerin aus Gram verzerrtem Gesicht und rot verweinten Augen an.

„Ach Kind...", schluchzte sie. „Ach Kind...ich weiß gar nicht, was in mich gefahren ist. So...so leichtsinnig war ich noch nie zuvor in meinem Leben!"

Wieder barg sie ihr Gesicht in ihren Händen und weinte bitterlich. Daraufhin hob Crystal ihren Kopf und schaute Michael fragend an.

„Sie hat einen Schuldschein auf ihr Haus unterschrieben", erklärte Michael leise. „Und das ganze Geld verspielte sie dann am Roulette-Tisch."

„Fünfundsiebzigtausend Pfund!", kam es dumpf aus den Händen von Mrs. Kershaw hervor geschluchzt. „Ich habe fünfundsiebzigtausend Pfund verspielt!" Sie ließ ihre Hände sinken und schüttelte fassungslos ihren grauweiß behaarten Kopf.

„Wie soll ich das bloß meiner Tochter und ihrer Familie erklären", hauchte sie kraftlos. „So viel Geld haben wir nicht, um den Schuldschein auslösen zu können. Wir werden das Haus verkaufen müssen. Was soll ich bloß machen, was soll ich bloß machen…"

Schiere Verzweiflung hatte Belindas Großmutter gepackt, als sie an die ganzen möglichen Folgen dachte, die ihr unerklärlicher Leichtsinn verursachte. Wie sollten ihr Crystal und Michael auch erklären, dass sie unter dem verderblichen Einfluss einer Schattennymphe gestanden hatte, die sie zum Glücksspiel verleitet hatte. Kalte Wut stieg in Crystal auf, als sie an die Kreaturen der Finsternis dachte. Brauchte es noch einen besseren Beweis dafür, wie notwendig es war, den Kampf gegen sie aufzunehmen?

In einer energischen Kopfbewegung schüttelte die Londonerin ihr zur Zeit braunes, schulterlanges Haar nach hinten.

„Beruhigen Sie sich, Mrs. Kershaw", sprach sie dann auf die am Boden zerstörte, alte Dame ein. „Das mit dem Geld ist nun wirklich kein Problem. Das bekommen Sie von mir!"

Überrascht hob Belindas Oma ihren Kopf und blickte die junge Frau aus großen Augen an.

„Aber…so viel Geld! Das.. kann ich doch gar nicht annehmen…", widersprach sie stockend und voll von Scham und Verlegenheit.

„Ach Papperlapapp!", meinte Crystal bestimmt. „Ich habe mehr als genug davon. Und wenn ich mich vier Tage lang etwas einschränke, habe ich den Betrag schon wieder drin. Ich bezahle den Schuldschein für Sie, und damit Schluss!"

„Ich…ich….Danke…Sie gutes Kind…Danke…", stammelte Mrs. Kershaw, überwältigt von so viel Freundlichkeit und Entgegenkommen. Wieder füllten sich ihre Augen mit Tränen. Doch dieses Mal war es Tränen der Dankbarkeit und Erleichterung.

„Sie müssen mir allerdings eines versprechen!", verlangte Crystal.

„Alles, alles, was Sie wollen, mein Engel!"

„Sie halten sich vom Casino fern und behalten für sich, dass ich für Sie bezahlt habe. Geht das in Ordnung?"

„Aber ja, unbedingt!", stimmte die ältere Dame sofort zu. Sie tupfte sich rasch mit ihrem Taschentuch die Augen trocken, schnappte sich ihre Handtasche und erhob sich vom Sofa.

„Keine zehn Pferde kriegen mich mehr in die Nähe von einem Casino. Ich werde gleich auf das Lido-Deck gehen, und erst mal eine Tasse kräftigen Tees trinken. Die brauch ich jetzt!"

Dann zog sie rasch noch Crystal an sich und umarmte die schlanke Frau dankbar. Dann rauschte sie davon, als wäre der Teufel persönlich hinter ihr her. Womit sie im Grunde gar nicht so falsch lag.

„Und nun? Wie geht es weiter?", erkundigte sich Michael bei seiner Freundin, nachdem Mrs. Kershaw das Casino verlassen hatte. „Aber vor allem: was ist mit dem Biest im grauen Hosenanzug?"

„Die wollte kurz eine Runde schwimmen gehen", meinte Crystal trocken. „Ich habe ihr den Atlantik empfohlen!"

„Da hat sie mit Sicherheit genügend Platz für sich allein", gab Michael von sich und schluckte heftig. „Wir sollen jetzt bestimmt weitermachen mit der Jagd, oder?"

„Worauf du dich verlassen kannst!"

„Ich habe es befürchtet", seufzte der ehemalige Versicherungsmakler. „Also wieder ins Gefecht."

Crystal nickte grimmig, und so verließen die beiden daraufhin ebenfalls das Casino, um nach weiteren Gegnern Ausschau zu halten. Sie würden sicher nicht lange suchen müssen.

Zwei Decks über ihnen hatte sich Pater O'Flaherty aus der Nordirischen 2000-Seelen-Gemeinde Warwick von einem netten, jungen blonden Mann dazu überreden lassen, auf einem der ruhigeren Seitendecks ein kleines Sonnenbad zu nehmen. Schaden würde es ihm mit Sicherheit nicht. Trotzdem fühlte sich der irische Kleinstadt-Pastor nicht ganz wohl in seiner Haut.

Ursprünglich lag es ja überhaupt nicht in seiner Absicht, eine Kreuzfahrt zu unternehmen. Geplant war eigentlich ein zweiwöchiger Besuch bei seinem Bruder im schottischen Glasgow. Doch dann stand er vor diesem Reisebüro, und ehe er sich recht besinnen konnte, hielt er das Ticket für die MS SERPENTIA in seinen Händen. Und nachdem die Reise nun mal bezahlt war, trat der Geistliche sie auch an. Hauptsächlich deswegen, weil die Stornogebühren ohne triftigen Grund und so kurzfristig vor Reiseantritt fast den gesamten Preis für die Kreuzfahrt an sich ausmachten. Dann wollte er wenigstens einen Gegenwert für das ausgegebene Geld erhalten. Allerdings tat er sich ein wenig schwer, am allgemeinen Leben an Bord teil zu nehmen. Jubel, Trubel und Heiterkeit waren ihm, der die Stille und Zurückgezogenheit liebte, eher suspekt. Doch an einem kleinen Sonnenbad konnte gewiss nichts auszusetzen sein. Vielleicht würde er dadurch ein wenig Farbe annehmen und nicht so bleich daher kommen, wie sonst das ganze Jahr über.

An diesem Vormittag zeigte sich das kleine Sonnendeck nur spärlich besetzt. Außer ihm befand sich nur noch ein Mädchen auf einer der Liegen. Sie mochte so um die vierzehn, fünfzehn Jahre alt sein und gehörte sicherlich zu der Gruppe Pfadfinderinnen, die diese Kreuzfahrt als Preis für den Gruppengewinn der Wettbewerbe des alljährlichen, großen Jamboree gewonnen hatte, inklusive Flug von den USA nach Großbritannien.

O'Flaherty warf nur ein einen kurzen Blick zu dem nur mit einem Bikini bekleideten Mädchen hinüber, dann zog er sich eine der Liegen zurecht, setzte sich zunächst rittlings darauf, um sich gründlich mit Sonnencreme einzuschmieren, und lehnte sich dann anschließend bequem zurück. Mit einem wohligen Seufzen machte er sich es bequem und schob noch rasch seine Sonnenbrille vom bereits spärlicher werdenden Haaransatz auf die Nase nach unten. Er seufzte noch einmal tief und dachte bei sich, wie recht der junge Mann gehabt hatte, als er ihm das Sonnenbad vorschlug. Es tat wirklich gut, sich einmal so richtig zu entspannen, die Seele mal so richtig baumeln zu lassen.

Nach einigen Minuten taten frische Seeluft und warmer Sonnenschein ihre Wirkung. Der Geistliche begann schläfrig zu werden. Doch bevor er tatsächlich ganz einschlafen konnte, fiel ein dunkler Schatten auf sein Gesicht. Der Ire schaute hoch und erblickte die dunkle, schlanke Silhouette eines Mannes, den er nicht sofort erkannte. Also schob er die Brille hoch und blinzelte in die helle Vormittagssonne hinein.

„Hallo, Pater", begrüßte ihn die Gestalt mit heller Stimme.

Jetzt erst erkannte der soeben Angesprochene, dass es der junge Mann war, welcher ihn zu dem Sonnenbad hatte bewegen können.

„Hallo junger Mann", erwiderte er deswegen höflich. „Wollen Sie nachschauen, ob ich Ihrem Rat auch gefolgt bin?"

Der Mann mit den weißblonden Haaren setzte ein spärliches Grinsen auf.

„So in etwa", antwortete er lapidar. „Sie wissen ja, manche Leute muss man ja regelrecht zu ihrem Glück zwingen.

Er lachte kurz, und auch O'Flaherty stimmte in das kurze Lachen mit ein.

Dem war allerdings ein gewisser, gehässiger Unterton entgangen, den der junge, blonde Mann in seinen letzten Satz gelegt hatte.

„Stört es Sie, wenn ich mich ein paar Minuten zu Ihnen setze?", erkundigte sich dieser bei dem Pfarrer.

Dieser schüttelte seinen Kopf.

„Aber natürlich nicht", sagte er freundlich. „Dann können wir uns ein wenig unterhalten. Ich bin mit anderen Gästen an Bord bisher leider kaum in Kontakt gekommen. Eigentlich unterhielt ich mich bis jetzt nur mit dem Bordgeistlichen etwas ausführlicher. Ein Austausch unter Kollegen sozusagen."

Also setzte sich der mit einer hellgrauen Stoffhose und einem weißen T-Shirt bekleidete Mann auf die Liege direkt neben O'Flaherty und begann ein lockeres Gespräch, welches sich meist um Belanglosigkeiten drehte.

Nach kurzer Zeit fiel dem Geistlichen auf, dass der junge Mann des öfteren zu dem Mädchen auf der etwas entfernt stehenden Liege hinüber sah, wobei sein Gesichtsausdruck immer etwas Tadelndes bekam. Irgendwann siegte die Neugier des Iren.

„Entschuldigen Sie, junger Mann...", begann er. „Aber Sie schauen dauernd zu der jungen Dame dort drüben hinüber, und dabei scheint etwas Ihr Missfallen zu erregen. Darf ich mich erkundigen, was los ist?"

„Ach wissen Sie, Pater O'Flaherty", antwortete der Satyr in Menschengestalt mit scheinheiligem Getue. „Mich stört, wie schamlos sich dieses junge Ding auf ihrer Liege räkelt. Ein Mädchen in ihrem Alter sollte sich nicht so aufführen. Kein Wunder, wenn heutzutage immer wieder etwas passiert!"

Er machte eine bezeichnende Kopfbewegung in Richtung der Pfadfinderin.

„Ihr Bikini bedeckt ja kaum ihre Brüste. Und dann macht sie dauernd die Beine breit und so komische Bewegungen mit ihren Händen und Fingern. Obszön ist das. Als wenn sie es darauf anlegt, mit jemanden anzubandeln. Man sollte sie mal gehörig zusammenstauchen. Oder was meinen Sie, Pater?"

Mit diesen Worten heftete er den Blick seiner fast schwarz wirkenden Pupillen auf O'Flaherty, saugte sich regelrecht an dessen Augen fest. Dem war, als würde sich ein feiner Schleier um seinen Geist legen. Nach einigen Sekunden wendete er den Kopf in Richtung des Mädchens, und ein grausamer, lüsterner Gesichtsausdruck verzerrte seine an sich so gütigen und sanften Züge.

„Ja...", gab er dann langsam und etwas schleppend klingend von sich, wobei er sich über seine Lippen leckte. „Das Gör ist so was von lasterhaft. Die legt es ja darauf an, dass jemand über sie her fällt!"

Unbändige, nie zuvor gekannte Lust überfiel den Geistlichen. Seine Hand glitt zwischen seine Beine, streichelte die dort immer deutlicher sichtbar werdende Erregung.

„Man müsste es der kleinen Hure mal so richtig besorgen,

damit sie weiß, was passieren kann, wenn sie sich in der Öffentlichkeit so lasziv benimmt!"

Speichel lief aus seinem zu einem sadistischen Grinsen verzerrtem Mund hervor, troff von seinem Kinn auf die Brust herab. Dann richtete sich O'Flahertys Oberkörper auf. „Ich werde dem kleinen Biest beibringen, was es heißt, einen richtigen Mann zwischen den Beinen zu haben. Die wird vor Lust schreien und gar nicht genug davon bekommen!" Er schickte ein lästerliches Lachen hinterher. „Jawohl...dem Dreckstück zeige ich es jetzt..."

Langsam schwang der Ire seine Beine über die Liege, die zu kleinen Punkten verengten Pupillen unentwegt auf das Mädchen gerichtet, die sich völlig in jugendlicher Unschuld auf ihrer Liege räkelte und nicht ahnte, welches Verhängnis sich da in ihrer Nähe anbahnte. O'Flaherty stand nun langsam auf, verharrte dann aber einen Moment schwankend und schloss kurz dabei die Augen. Fast sah es so aus, als könne der Pfarrer sich nicht recht entscheiden, das umzusetzen, was er eben noch vorhatte. Gerade so, als tobe in seinem Inneren ein Widerstreit der Gefühle. Dies entsprach sogar im Wesentlichen der Wahrheit. Etwas in seinem Inneren wollte nicht hinnehmen, dass O'Flaherty etwas gegen seine ureigensten Überzeugungen tat.

Der Satyr in Menschengestalt registrierte mit Verärgerung, dass der Mensch vor ihm offenbar gegen die Beeinflussung durch ihn ankämpfte. Er hatte nicht erwartet, auf einen solch gefestigten Charakter zu stoßen.

Doch dann machte der Ire einen ersten, tapsigen Schritt in Richtung der Pfadfinderin, und das ihn beobachtende dämonische Wesen verzog sein Gesicht zu einem bösen, zufriedenen Grinsen. Ein Pfarrer, Vertreter von POSEM, der positiven Kraft im Universum, würde ein minderjähriges Mädchen, ein Kind noch, missbrauchen. Wenn das keine gute Ernte an negativer Energie für NEGEM, der dunklen Seite des Universums, bedeutete! Die Herrscher der Finsternis würden zufrieden sein.

Da spürte das Wesen der Finsternis plötzlich eine Bewegung hinter sich, und im nächsten Moment wurde ihm etwas über seinen Kopf gestreift.

In einer Reflexhandlung griff der Satyr nach dem

114

Gegenstand, der nun an einer Kette um seinen Hals baumelte. Doch kaum, dass sich seine Finger darum geschlossen hatten, stieß er einen heiseren Schrei aus und ließ das Ding sofort wieder los, gerade so, als wäre es glühend heiß gewesen. Entsetzt hob er seine Hand vor seinen Augen in die Höhe. In der Handfläche zeichneten sich die eingebrannten Umrisse eines magischen Fünfecks, eines Pentagramms also, im Fleisch der Handfläche ab. Darum herum begann sich das Gewebe schwärzlich zu verfärben. Ein Effekt, der sich rasch weiter auszubreiten schien. Gleichzeitig fühlte er eine wachsende Schwäche, die ihn befiel.

„Silber!", stieß er klagend hervor. „Geweihtes Silber! Wer...?"

Er fuhr herum, und sein Blick traf auf zwei Personen, einen Mann mit kurzem, hellbraunem Haar, und einem schmalen, jedoch markant und ebenmäßig geschnittenen Gesicht und außer ihm stand da noch eine schlanke, etwa 1.80 Meter große Frau in einem cremefarbigen Kostüm mit fliederfarbener Jacke. Die Gesichter der beiden trugen einen abweisenden Ausdruck, der Blick ihrer Augen war wütend.

„Was habt ihr getan!", fauchte der Satyr die beiden an und machte einen Schritt auf sie zu. „Wie könnt ihr es wagen..."

„Wagen?", verhöhnte der junge Mann ihn zynisch. „Was wagen? Dir eine hübsche Kette zu schenken, du Ausgeburt der Hölle? Gefällt sie dir etwa nicht?"

Wieder machte das Schattenwesen einen Schritt auf die beiden Menschen zu. Gleichzeitig kämpfte es gegen den verderblichen Einfluss des geweihten Silbers auf ihn an. Es fiel ihm bereits schwerer, seine Menschengestalt aufrecht zu erhalten. An manchen Stellen schimmerte die Haut schon dunkelblau und wirkte schuppig, und die Haare verschwanden von seinem Kopf. Der Satyr fühlte zudem, wie sich seine beiden gekrümmten Hörner aus seiner Stirn hervor schoben. Doch die Änderung seiner äußeren Erscheinung schien die beiden Menschen überhaupt nicht zu beeindrucken. Im Gegenteil, sie machten einen noch viel selbstsichereren und entschlosseneren Eindruck, wie noch Momente zuvor.

„Puh, du stinkst wie ein Bock!", beschwerte sich der schlanke Mann in diesem Moment.

„Meinst du, ich soll mal ein wenig Parfum auf ihn spritzen?", fragte die braunhaarige Frau spöttisch ihren Gefährten.

„Ich denke zwar, dass das wie Perlen vor die Säue werfen wäre, aber du kannst es ja mal versuchen, Verehrteste!"

Daraufhin zog die Frau einen gläsernen Flakon aus einer ihrer Jackentaschen, richtete diesen auf den geschwächten Satyr aus und betätigte mehrmals den kleinen Pump-Zerstäuber. Ein feiner, feuchter Nebel hüllte das dämonische Wesen ein. Im selben Moment riss dieser seiner jetzt klauenartig aussehenden Hände vor sein Gesicht, denn dort, wo die feinen Tröpfchen des Sprühnebels auftraten, brannte es sofort wie Höllenfeuer, fraß sich die Flüssigkeit in das schwarze Fleisch der Kreatur. Der Satyr kreischte auf und gab dann ein lang gezogenes Stöhnen von sich.

„Upps!", machte da die athletisch aussehende, attraktive Frau und kicherte wie ein kleines Schulmädchen. „Da habe ich doch statt meines Parfums glatt den Zerstäuber mit dem Weihwasser erwischt. Ich bitte um Entschuldigung!"

Die zwei lachten aus vollem Hals, während sich der Satyr vor Schmerzen krümmte, die ihm vom Silber und jetzt auch vom Weihwasser zugefügt wurden. Und während das Paar einmal im Kreis um ihn herum lief, wie um das, was sie angerichtet hatten, von allen Seiten zu begutachten, sammelte die Schattenkreatur all ihre Kraft zusammen, um mit geballten Zorn, mit geballter Macht auf die beiden zu zustürzen, sie zu Boden zu reißen und zu töten. Doch dazu kam es nicht. Denn gerade, als sich der Satyr aufbrüllend nach vorne werfen wollte, stoppte ihn etwas wie eine eisige Mauer. Und egal, in welche Richtung er sich auch wendete, er konnte sich kaum mehr als zwanzig Zentimeter in diese bewegen. Seine gelben, wie bei einem Ziegenbock waagerecht geschlitzten Augen suchten nach dem Grund dafür, und sie erspähten ihn auch sogleich. Der Mann und die Frau hatten ihn, während sie ihn umrundeten, in einem Bannkreis aus Steinsalz eingeschlossen, aus dem es für ihn im Moment kein

Entrinnen gab. Enttäuscht heulte die Kreatur auf.

„Na, wie gefällt dir das, du Scheusal?", herrschte ihn die Frau mit der schulterlangen braunen Lockenpracht auf ihren Kopf giftig an. „So ist das, wenn man anderen Schaden zufügt! Wie schmeckt dir das? Gefällt dir wohl nicht, wie?" Ein höhnisches Lachen folgte.

„Wo...woher wisst ihr...?", stammelte der Satyr, nun vollständig in seiner wahren Gestalt sichtbar.

„Das tut nichts zur Sache!", fuhr im die Frau über den Mund. „Die Kreaturen der Finsternis haben mir den Krieg erklärt. Meine Freunde und ich – wir haben diese Kriegserklärungen angenommen. Und wir gedenken, diese Auseinandersetzung zu gewinnen."

Sie schenkte ihm noch einen finsteren Blick, bevor sie sich wieder ihrem Begleiter zuwandte.

„Können wir?", fragte sie Michael, während sie zum Schrecken des Satyrs den Weihwasser-Flakon wieder hervor holte.

Der junge Mann nickte in grimmiger Entschlossenheit. Dann gingen die beiden erneut auf das Schattenwesen los. Sie umrundeten den Satyr ein weiteres Mal. Und während die Frau ihn mit einem Nebel aus Weihwasser besprühte, bestreute der Mann die vor Schmerz aufbrüllende Gestalt mit Salz. Zischend und brodelnd fraß sich die Mischung aus geweihtem Nass und Salz in den Körper der Kreatur der Finsternis hinein. Das schwarze, verdorbene Fleisch löste sich Blasen werfend auf und rann als stinkende, zähflüssige Masse zu Boden, wo sie sich als eine ekelhaft anzuschauende Pfütze sammelte. Und mit der immer rascher fortschreitenden Zersetzung des Körpers des Satyrs erstarb auch dessen Jammern. Es wurde zuerst zu einem Wimmern, dann zu einem heiseren Röcheln, bis auch dieses vollständig verstummte. Und während sich das Schattenwesen auflöste, gab Crystal Michael einen kurzen Wink.

„Kümmere dich um den Pater, Michael", sagte sie leise. „Mit dem Tod des Satyrs wird auch dessen Einfluss auf ihn schwinden. Ich schaue derweil nach dem Mädchen. Jedenfalls steht er da wie die biblische Salzsäule!"

Während sich der einstige Versicherungsmakler also zu

dem Geistlichen begab, ging Crystal zu dem völlig aufgelösten Mädchen hinüber, um zu versuchen, sie wieder zu beruhigen. Das war auch bitter nötig. Die junge Pfadfinderin mit dem Sommersprossengesicht war aufgesprungen und hatte das Geschehen vor Angst wie versteinert aus furchtvoll aufgerissenen Augen mitverfolgt.

Das etwa vierzehnjährige Mädchen war zu Beginn der Auseinandersetzung auf das Geschehen aufmerksam geworden. Als es mit ansehen musste, welch schreckliche Veränderung der Satyr durchmachte, welche Laute er von sich gab, da hatte es die blonde Pfadfinderin nicht mehr auf ihrer Liege gehalten. Erschrocken und geschockt war sie aufgesprungen und bis an die Reling des kleinen Seitendecks zurückgewichen. Dort stand sie noch immer, die Hände um den hölzernen Lauf geklammert, mit weit aufgerissenen Augen, Schreckensbleich, zitternd und unfähig auch nur einen Laut von sich zu geben.

Als Crystal bei dem Mädchen ankam, redete sie sofort in beruhigendem Tonfall auf sie ein. Dabei strich sie ihr sanft über die langen, goldblonden Haare. Doch zunächst reagierte der Teenager überhaupt nicht. Ihre blauen Augen blieben nach wie vor starr auf die Stelle geheftet, wo sich der Satyr zwischenzeitlich vollständig in eine zähe, schwarze und übel stinkende Masse verwandelt hatte, die den Kreis aus Salz vollständig ausfüllte, aber nach wie vor nicht über dessen Ränder hinaus schwappte. Nur langsam löste sich die Schockstarre von dem jungen Menschen.

„Was....was....", stammelte sie plötzlich schrill und abgehackt, „...was...geht...da vor?"

Ruckartig drehte sie den Kopf, starrte Crystal in das schmale, ebenmäßige Gesicht mit den intensiv grünen Augen darin.

„Was geht da vor?", schrie sie, immer noch von Panik geschüttelt. „Der Mann...hat sich so schrecklich...so schrecklich verändert. Was haben sie mit ihm gemacht?"

Jetzt schossen Tränen in ihre Augen, rannen die Wangen hinab.

Crystal streichelte ihr wieder über ihr weiches, Sonnen warmes Haar.

„Ist ja gut mein Kind", sagte sie sanft und in beruhigendem

Tonfall. „Ist ja gut. Du hättest gar nicht sehen sollen, was du gesehen hast. Dafür bist du ja noch viel zu jung."

Sie zog die Kleine an sich, umarmte und drückte sie, wobei sie sich mit ihr ein wenig drehte, damit das Mädchen vom Ort des Geschehens abgelenkt wurde.

„Aber...der Mann!", erwiderte die immer noch geschockte Pfadfinderin. „Sie haben etwas mit ihm gemacht...und er ist....er ist...zerflossen!"

„Dieser Mann war böse", sagte die Engländerin sanft zu dem Teenager. „Sehr böse. Es war diese Bosheit in ihm, die all das verursacht hatte!"

Die schlanke Frau löste sich von dem Mädchen.

„Sag mal, wie heißt du eigentlich?", wollte sie dann von ihr wissen.

„Christie", antwortete die Kleine schniefend. „Christie MacAllister."

„Schau mich mal an, Christie", forderte Crystal das Mädchen auf.

Diese gehorchte ihr zögernd, und schaute ihr schließlich direkt in die Augen. Crystal fixierte Christie mit ihrem Blick. Dann sprach sie mit sanfter Stimme weiter.

„Hör mal, Christie. Du musst vergessen, was du da gesehen hast. Das hättest du gar nicht sehen sollen. Leider warst du zur falschen Zeit am falschen Ort. Zu deinem Glück traf das auf uns nicht zu, und wir konnten rechtzeitig eingreifen, bevor dir etwas Schlimmeres geschehen sollte. Aber das musst du alles vergessen. So, als wäre nie etwas passiert. Versprichst du mir das?"

„Alles...vergessen...", gab das Mädchen zu Crystals Verblüffung plötzlich leise und zögernd von sich. „Alles vergessen...nichts passiert..."

Christies Blick verschleierte sich kurz, und das Mädchen schwankte kurz. Dann schloss es für einen Moment die Augen. Als sie sie wieder öffnete, war ihr Blick wieder klar, und sie starrte Crystal überrascht an.

„Wer sind Sie? Und...warum haben Sie denn einen Arm um mich gelegt?", fragte sie die Londonerin überrascht. Dabei machte sie den Eindruck, als hätte sie Crystal zuvor nie erblickt.

„Äh...dir war schlecht geworden", antwortete diese,

nachdem sie sich ihrerseits von der unerwarteten Reaktion regelrecht überrumpelt gefühlt hatte. „Wahrscheinlich, weil du keinen Sonnenhut auf hattest. Geht es dir jetzt wieder besser?"

„Ich...ich glaube ja...", antwortete Christie ein wenig verunsichert.

„Dann ist ja gut", sagte Crystal und erhob sich wieder. „Pass jetzt aber ein wenig mit der Sonne auf, ja?"

Das Mädchen nickte, und ging dann wieder zu seiner Liege hinüber. Dabei sah sie sich aber noch ein, zwei Mal verstohlen nach der Engländerin um, die ihr freundlich winkte.

Danach wandte sich Crystal ab. „Jetzt werde ich mir aber langsam selbst unheimlich!", murmelte sie kopfschüttelnd vor sich hin. Langsam und mit sehr nachdenklichem Gesicht begab sie sich sodann zu Michael hinüber, der angeregt mit Pater O'Flaherty redete.

Dieser war von Michael in einer Art Trance-ähnlichem Zustand angetroffen worden. Er stand aufrecht da, die Augen halb geschlossen, den Mund offen stehend. Speichel rann daraus hervor, tropfte in langen Fäden vom Kinn. Die Hände der halb erhobenen Arme öffneten und schlossen sich ständig. Ansonsten zeigte der irische Geistliche keine weitere Reaktion. Michael runzelte seine Stirn und hoffte, dass er in der Lage sein würde, dem Mann zu helfen.

„Wenn ich bloß wüsste, was dieser Höllenhund mit dir angestellt hat!", murmelte der Deutsche leise vor sich hin. Er entschloss sich, die Probe aufs Exempel zu machen und es mit direkter Anrede zu versuchen.

„He-Hallo!", rief er laut und schnippte mit seinen Fingern vor dem länglichen, kantig wirkenden, vollbärtigen Gesicht des etwa 181 Zentimeter großen Mannes herum. „Hallo? Ist irgendjemand zu Haus?"

Besonders geistreich war diese Bemerkung zwar nicht, aber Michael fiel im Moment nichts Besseres ein. Dazu tippte er den Mann ein, zwei Mal vor die mäßig behaarte Brust. Letzteres schien tatsächlich Wirkung zu zeigen. Der Pater hörte mit den Handbewegungen auf und ließ seine Arme langsam sinken. Dann zwinkerte er ein paar Mal mit seinen Augen und schüttelte benommen seinen Kopf. Endlich schien er seine Umgebung wieder wahrzunehmen, und nach einem kurzen Moment der Irritation heftete sich ein Blick aus graubraunen Augen auf den ehemaligen Stuttgarter Versicherungsmakler.

„Warum stehe ich hier?", fragte er unsicher. „Wer sind Sie?", richtete sich die nächste Frage direkt an Michael. „Und vor allem, warum sabbere ich mein Kinn mit Spucke voll?" Nach letzter Frage wischte er sich leicht verstört wirkend mit dem Unterarm Speichel von Kinn und Wange.

„Sie stehen hier, weil Sie vorhatten, mit dem jungen Mädchen dort drüben...", Michael zeigte kurz zu Crystal und der Pfadfinderin hinüber, „...sehr unziemliche und unzüchtige Dinge zu treiben."

„Wie?", fragte der Mann verständnislos, um gleich darauf ein wenig echauffierter fortzufahren. „Junger Mann, lassen sie derartige Scherze. Ich bin katholischer Priester!"

„Na, dann schlage ich vor, Sie richten mal ihren Blick auf Ihre Lendengegend!", meinte Michael und machte eine Kopfbewegung in entsprechender Richtung.

Unwillkürlich folgte der Priester der Aufforderung des ihm unbekannten, schlanken Mannes. Als O'Flaherty sah, was sich eine Etage tiefer immer noch obszön unter seiner Badehose ausbeulte, wurde er schlagartig flammend rot. Rasch verschränkte er die Hände vor dem Objekt seiner Scham, hob den Kopf und schaute Michael in einer Mischung aus Entsetzen und Schrecken an.

„Ich...ich...", begann er nach Worten ringend zu stammeln. „Ich...das..kann ich mir gar nicht erklären", presste er schließlich mühsam hervor.

„Aber ich kann's", sagte Michael und lächelte freundlich, aber ohne jede Schadenfreude. Er konnte sich vorstellen, wie der Priester sich fühlen mochte.

„Sie standen unter einem ziemlich schlechten Einfluss", erklärte er dann dem nach wie vor fassungslosen Mann. Aus einem inneren Impuls heraus, hatte er beschlossen, dem Geistlichen reinen Wein einzuschenken.

„Eine Kreatur aus dem Höllenreich, ein Satyr, hatte versucht sie zu bösen Taten zu verführen, um so seinem finsteren Reich zu dienen."

„Der junge blonde Mann!", entfuhr es O'Flaherty unwillkürlich und griff sich an die Stirn.

„Ja!", erwiderte Michael überrascht. „Der war es tatsächlich. Aber die tarnen sich normalerweise ziemlich gut. Wie kommt es, dass Sie ihn verdächtigen?"

„Es war das Gefühl, dass ich hatte, als mir der Blonde das erste Mal begegnete", antwortete der Priester nachdenklich. „Mir schien, als würde es plötzlich etwas kälter. Und in meinem Magen fühlte es sich an, als befände sich dort ein Eisklumpen. Doch dann unterhielt sich der Mann recht freundlich mit mir. Schließlich war ich der Überzeugung, mir alles nur eingebildet zu haben."

„Nein, Pater, Sie hatten sich das leider nicht eingebildet", sagte Michael ernst. „Es handelte sich tatsächlich um einen als Mensch getarnten Satyr."

„Ich kann es kaum glauben, mein Freund", gab O'Flaherty kopfschüttelnd von sich. „Als praktizierender Katholik glaube ich zwar an die Existenz des Bösen...aber ihm dann so kreatürlich gegenüber zu stehen...?" Er atmete einige Male tief durch, um das Geschehene zu verdauen.

„Jetzt wird mir auch klar, warum der Mann bei unserem ersten Gespräch peinlich darauf bedacht war, einen gewissen Abstand zu wahren."

„Sie trugen Ihre Dienstkleidung, nicht wahr?", mutmaßte Michael.

„Ja, Priesterhemd und Jacke, Silberkreuz um den Hals, und die Bibel nebst Weihwasserphiole in der Jackentasche", bestätigte der Priester.

„Das bereitete ihm Unbehagen. Darum der Abstand", erklärte Michael.

„Doch hier auf dem Sonnendeck, sozusagen unbewaffnet, da waren Sie leichte Beute für seine Einflüsterungen."

„Himmel hilf - jetzt verstehe ich auch, warum er so bei mir insistierte, ein Sonnenbad zu nehmen. Ich mag gar nicht daran denken, was hätte geschehen können, wären Sie nicht erschienen!"

O'Flaherty wurde nachträglich noch bleich, wenn er daran dachte, und an die Konsequenzen, die ihm gedroht hätten, wäre der Satyr erfolgreich gewesen.

„Was ist eigentlich mit diesem...diesem Satyr geschehen?

Ich kann ihn nirgends entdecken", erkundigte er sich dann bei Michael.

Der trat einen Schritt zur Seite und zeigte wortlos auf den kreisrunden, stinkenden schwarzen Fleck auf dem Deck, der nun rasch abtrocknete, zu grauschwarzem Pulver zerfiel, welches bereits von der leichten Seebrise davon geweht wurde.

Die Augen des Priesters wurden bei dem Anblick groß. Mehrmals starrte er zwischen Michael und dem Fleck hin und her.

„Das waren Sie?", fragte er dann, mühsam um Fassung ringend.

Michael nickte.

„Ich und meine Freundin, die sich da drüben um die Pfadfinderin kümmert. Zum Glück sind die Satyre und die Schattennymphen nicht so wehrhaft wie andere Kreaturen des Bösen."

„Schattennymphen? Andere Kreaturen des Bösen?", echote O'Flaherty entgeistert. „Du mein Gott! Sie scheinen wohl öfters mit solchen Wesen konfrontiert zu sein?"

„Das eine oder andere Mal schon", meinte Michael, wobei er sich Mühe gab, möglichst unbeteiligt zu wirken. „Allerdings muss ich zugeben, dass wir auf dem Gebiet der Monsterbekämpfung noch ziemliche Anfänger sind. Aber wir lernen jeden Tag dazu!"

„Sie müssen mir unbedingt mehr darüber erzählen!", verlangte der Priester mit drängendem Ton. Es war ja geradezu unglaublich, was der Deutsche ihm da eröffnet hatte.

„Später vielleicht", wehrte der ab. „Wir haben noch einiges zu tun hier an Bord. 'Ihr' Satyr war leider nicht der einzige."

„Kann ich Ihnen in ihrer Bemühung irgendwie helfen, sie unterstützen?", erkundigte sich der Ire.

„Nicht in diesem Aufzug, Pater", meinte Michael bedauernd. „Badehosen- und Badelatschen, sowie Bademantel eignen sich nur bedingt, wenn man schwarzmagische Monster verfolgt. Leider können wir es uns nicht leisten, zu warten. Es zählt jede Sekunde. Sie entschuldigen uns jetzt?"

Er nickte dem Priester noch einmal zu, dann verließ er mit

der zwischenzeitlich zu den beiden Männern getretenen Crystal rasch wieder das Sonnendeck, um sich auf die Suche nach den anderen Kuckucksmenschen an Bord der MS SERPENTIA zu begeben. Denn noch war ihr Kampf an Bord noch nicht beendet. O'Flaherty schaute den beiden nachdenklich hinterher. Dabei begann ein Plan in ihm zu reifen.

„Ja", murmelte er vor sich hin. „Ja, so werde ich es machen!"

Dann ging er zu seiner Liege hinüber, schnappte sein Handtuch und den Bademantel und verließ ebenfalls eilends das Sonnendeck.

Die Schattennymphe, das Wesen aus der Finsternis NEGEMS, der Sphäre des Negativen, perfekt getarnt in der Erscheinung einer jungen, schlanken Frau Mitte zwanzig, mit modisch kurzen, weißblonden glatten Haaren, einem ebenmäßigem Gesicht mit dunkelbraunen, ja fast schwarz erscheinenden Augen darin, fasste sich mit vor Schmerz verzerrter Miene an den Kopf. Wie ein glühender, brennend heißer Stich war die Pein durch ihren Kopf und ihren gesamten Leib gefahren. Eine Schwäche erfasste den ganzen Körper, ließ die Schattennymphe taumeln. Die Beine drohten unter ihr nachzugeben. Sie konnte gerade noch nach dem Arm eines zufällig neben ihr gehenden Mannes greifen, als ihr schwarz vor Augen wurde, und ihr die Luft weg blieb.

„Meine Dame, was ist mit Ihnen?", hörte sie eine erstaunte, besorgte Männerstimme, die ihr vorkam, als befände sich der Sprecher weit entfernt und nicht direkt neben ihr.

„Ist Ihnen nicht gut? Warten Sie, da vorne ist eine Bank, dort werde ich Sie hin begleiten."

Sie taumelte, als der hilfsbereite Mann die als Mensch getarnte Höllenkreatur in die besagte Richtung führte. Und gleich darauf konnte sie ermattet auf der besagten Bank Platz nehmen. Keine Sekunde zu früh, denn Schmerz und Schwäche hatten sich explosionsartig in ihrem Körper ausgebreitet.

„Soll ich Ihnen ein Glas Wasser besorgen?", ertönte erneut die besorgte Stimme des Helfers neben ihr. „Brauchen Sie einen Arzt?"

Ein Schreck fuhr der Schattennymphe durch den Körper. Das fehlte noch: ein Arzt! Der entdeckte womöglich in ihrem geschwächten Zustand, dass sie alles andere als ein normaler Mensch war. Also nahm die Kreatur der Finsternis all ihre Kraft zusammen, verzerrte den Mund zu so etwas wie in Lächeln und winkte matt ab.

„Danke...ist schon gut. Ein Arzt ist nicht notwendig", kam es ihr kraftlos und leise über die blutleeren Lippen.

„Sind Sie auch wirklich sicher? Der Arzt wäre schnell da!"

„Nicht...nicht...nötig", wehrte die Schattennymphe ab. „Das...habe ich...habe ich öfters", erklärte sie dann in stockendem Tonfall weiter. „Zu niedriger Blutdruck...da wird mir von einer Sekunde zu anderen schwindlig. Das kommt und geht leider ohne Vorwarnung. Sehen Sie, es geht mir schon wieder besser."

Zuletzt klang ihre Stimme in der Tat wieder etwas kräftiger und tatsächlich ließen auch Schmerz und Schwäche in ihrem Körper langsam nach. Das Schattenwesen atmete ein paar Mal tief durch.

„Es war nett, dass Sie sich um mich gekümmert haben, aber gleich ist wieder alles in Ordnung!"

Der leicht untersetzte Tourist in Bermuda-Shorts und Hawaiihemd schaute sie noch einen Moment lang forschend aus seinen hellbraunen Augen an. Und wirklich, er konnte sehen, wie sich die hellblonde junge Frau vor ihm zusehends erholte.

„Na gut", sagte er schließlich. „Sie müssen ja am besten Wissen, wie es um Sie bestellt ist. Aber das sollten Sie wirklich mal von einem Arzt untersuchen lassen. Stellen Sie sich vor, dass passiert Ihnen am Steuer oder mitten auf einer belebten Straße!"

„Sie haben recht, mein Herr", sagte die Nymphe zustimmend. „Ich werde gleich nach der Kreuzfahrt wieder meinen Hausarzt aufsuchen und mich gründlich untersuchen lassen."

Mit dieser Aussage schien ihr Helfer zufrieden zu sein. Er nickte ihr noch einmal freundlich zu und verschwand dann im Gewimmel der vielen Passagiere in der Shopping-Mall des Kreuzfahrtschiffes.

Froh, den lästigen Menschen wieder los zu sein, horchte die Schattennymphe in sich hinein und versuchte zu ergründen, was der Auslöser für ihren Schwächeanfall gewesen sein konnte. Und es dauerte nur wenige Momente, bis ihr klar wurde, dass etwas geschehen war.

„Nein!", keuchte sie erschrocken auf. „Unser Verbund wurde zerstört!", murmelte sie anschließend leise vor sich hin, während sie weiter in sich hineinhorchte.

„Drei von uns fehlen. Die unheilige Dreiheit von drei Mal sechs, der Zahl des Tieres, des Höllenfürsten, sie wurde zerstört. Ich muss sofort zum Altar, mit den anderen Kontakt aufnehmen!"

Sie erhob sich, schwankte unsicher ein wenig hin und her und stakste dann mit langsamen Schritten in Richtung Abgänge und Aufzüge. Ihr Ziel war die gemeinsame Kabine, tief unten im Bauch des Schiffes, dort, wo der Mannschaftstrakt lag. Dorthin, wohin sich jetzt alle ihrer Schwestern und Brüder begeben würden, denn ohne Zweifel hatten auch Sie den Tod der anderen gespürt. Die Kreaturen der Finsternis würden sich also genau dorthin begeben, wo sich auch Rolfhardt Ethelbert Ronan von Schressen befand, der noch nicht ahnen konnte, was auf ihn zu kam.

„Sag mal, musst du so rennen?", beklagte sich Michael Fux bei seiner elegant gekleideten Begleitung.

Der ehemalige Versicherungsmakler aus Stuttgart hetzte

hinter Crystal Blair her, die mit wehendem Blazer über das Sonnendeck zu dessen Treppe eilte. Gerade mal einen Augenblick lag es zurück, dass er und die schlanke Britin einen Satyr aus der Gruppe von achtzehn Höllenwesen, die auf dem Kreuzfahrtschiff MS SERPENTIA ihr Unwesen trieben, den Garaus gemacht hatten.

„Ups!"

Dieser Ausruf entschlüpfte dem Deutschen, als er gerade noch seiner ehemaligen Mitgefangenen des Vampir-Anwesens Cadwrigham House ausweichen konnte. Crystal war abrupt stehen geblieben und hatte sich zu dem Mann mit den kurzen, hellbraunen Haaren hin umgedreht.

„Was soll denn das nun wieder?", schimpfte dieser, nachdem ihn eine mehr oder weniger elegante Pirouette an der Frau mit dem schulterlangen Lockenhaar vorbei getragen hatte.

„Wir sollten uns beeilen, dass wir das nächste Mitglied dieser Kuckucksmenschen Bande zur Strecke bringen", sagte Crystal mit ernstem Blick zu ihrem Freund und Schicksalsgenossen, ohne auf dessen Schimpferei einzugehen. „Diese Biester werden nämlich so langsam mitbekommen, was hier geschieht. Und ich befürchte, sie werden alles andere als erfreut sein!"

„Du meinst, die haben was dagegen, dass wir ihre schwarzen Seelen wieder dorthin zurück schicken, wo sie hergekommen sind, nämlich in die Hölle?", meinte Michael sarkastisch, und grinste säuerlich dazu.

„Sag mir so was lieber nicht. Das will ich gar nicht hören!"

„Aber so wird es sein, mein Freund!"

Crystal hatte ihre Hände in die Hüften gestemmt und schaute Michael aus ihren intensiv grünen Augen an.

„Wir haben zwei von ihnen beseitigen können, und Rolfhardt war vielleicht auch schon erfolgreich. Die Mistviecher dürften nun gewarnt sein", fuhr sie zu sprechen fort. „Darum müssen wir ab jetzt damit rechnen, dass sie nicht mehr so leicht zu beseitigen sein dürften."

„Ich habe befürchtet, dass du so etwas sagen wirst", seufzte Michael und fuhr sich mit der Hand durch seinen kurz geschnittenen Haarschopf.

„Vampire, Ghouls, Schattennymphen, Satyre...wenn das

meine Mutter wüsste, würde sie mir wegen meines Umgangs heftige Vorhaltungen machen. 'Junge, mit wem treibst du dich bloß wieder herum'..."

Crystal lachte kurz auf, als Michael die Sprechweise seiner Mutter mit dazu passendem sauertöpfischen Gesichtsausdruck imitierte.

„Wo sie Recht hat, hat sie Recht!", sagte sie. „Natürlich nur in Bezug auf die finsteren Gesellen, die wir jagen. Können wir weiter?"

„Wir können, teuerste Freundin, wir können!"

Gleich darauf hasteten die beiden die Treppe vom kleinen Seitendeck hinunter aufs Promenadendeck, wo sie sogleich Ausschau nach den weißblonden Köpfen der getarnten Kreaturen aus dem Höllenreich hielten. Doch so sehr sie sich auch anstrengten, sie konnten keinen ihrer zwillingshaft gleich aussehenden Gegner entdecken. Es würde ohnehin ein Glückstreffer sein, wenn dies gelang. Ein Kreuzfahrtschiff stellte ein geradezu riesiges Terrain dar, auf dem sich achtzehn Individuen förmlich verlieren konnten. Zog man die von Crystal und Michael vernichteten zwei Schattenkreaturen ab, waren es nur noch sechzehn.

„Wohin, zum Teufel, haben die sich denn verkrochen?", schimpfte Michael etwas außer Atem.

„Wir können leider nicht darauf hoffen, dass sie sich freiwillig ins Meer gestürzt hatten", gab Crystal mit echtem Bedauern in ihrer Stimme von sich. „Allerdings hatte ich vermutet, dass im Casino mehr von Ihnen anzutreffen wären."

„Von wegen idealem Beutegrund, was?", meinte Michael.

„Wo sonst könnte man Menschen leichter zu Todsünden verführen?"

„Das stimmt allerdings. Vielleicht..."

Der Deutsche brach mitten im Satz ab und seine Augen zogen sich zu schmalen Schlitzen zusammen.

„Was ist los?", rief Crystal alarmiert aus, als sie die Veränderung im Gesicht ihres Gefährten bemerkte.

„Da drüben sind zwei von den fiesen Blondies!", zischte dieser eine halblaute Antwort und machte mit seinem Kopf eine Geste in die Richtung, in der er soeben die beiden unverwechselbaren Gestalten erspäht hatte.

128

„Wo?" Crystal wirbelte herum und suchte nun ihrerseits das Deck vor ihr nach den Gesuchten ab.

„Dort drüben", sagte Michael. Er zeigte hinüber zu der Stelle, wo sich die Türen befanden, die auf das Lido-Deck führten, mit seinen vielen exquisiten Boutiquen und Geschäften. „Die beiden scheinen es recht eilig zu haben!"

„Ich frage mich, wo sie so schnell hin wollen", murmelte die Britin leise vor sich hin. „Los, Michael, wir verfolgen die zwei!"

Der ehemalige Versicherungsmakler nickte, und so setzten sich die beiden selbst ernannten Monsterjäger wieder in Bewegung. So rasch es ging, rannten sie hinter den davon eilenden Finsterwesen hinterher. Die erstaunten Blicke, die ihnen ob ihrer Eile von so manchem Passagier hinterher geworfen wurden, ignorierten sie dabei geflissentlich.

Crystal und Michael erreichten die Eingangstüre zum Lido-Deck kurz nachdem die beiden Verfolgten durch sie ins Innere des Kreuzfahrtschiffes verschwunden waren. Sie warfen sich förmlich durch die sich automatische öffnenden Schiebetüren.

„Da hinten sind sie!", rief Michael, der ihre Gegner ein gutes Stück vor ihnen in der wuselnden Menschenmenge entdeckt hatte. „Jetzt sind sie schon zu dritt!"

„Tatsächlich!" Crystal klang besorgt. „Das gefällt mir nicht. Sie scheinen tatsächlich gemerkt haben, dass es hier an Bord nicht ganz so verläuft, wie sie es geplant hatten."

„Du meinst, sie rotten sich deshalb zusammen?"

„Warum sonst? Bisher haben sie jeder für sich gearbeitet, wenn man das so nennen kann. Mir wäre wohler, wir wüssten schon, wohin die Mistviecher wollen!"

„Sie steuern die Treppen und Aufzüge an. Sieht so aus, als wollten die das Deck wechseln!"

Michael ließ die drei Weißblonden nicht mehr aus seinen Augen. Nur Sekunden später bestätigte sich seine Vermutung.

„Ich hatte Recht. Die rennen die Treppe nach unten...Scheiße!"

Er warf der neben ihm rennenden Crystal kurz einen erschrockenen Blick aus seinen weit aufgerissenen, braunen Augen zu. „Da unten ist doch Rolfhardt unterwegs!"

„Die ganze Chose hier nimmt so langsam eine äußerst unangenehme Wendung, die mir ganz und gar nicht gefällt", schimpfte Crystal mit sorgenvoll gerunzelter Stirn. „Ich fürchte, unsere Aktivitäten haben die Gruppe veranlasst, sich zu ihrem Stützpunkt zu begeben, um sich dort zu versammeln."

„Und genau den Stützpunkt versucht unser weißer Vampir ausfindig zu machen. Das heißt, Rolfhardt bekommt es womöglich mit sechzehn von den Kreaturen zu tun!"

Aus Michaels Worten sprach nun echte Angst um das Leben des 250 Jahre alten Vampirs.

Crystal nickte mit ernster Miene.

„Das könnte selbst für einen Mann mit übermenschlichen Kräften zu viel werden", sagte sie ernst. „Deswegen dürfen wir die drei nicht aus den Augen verlieren. Wir müssen Rolfhardt auf jeden Fall zu Hilfe kommen!"

Michael verdrehte seine Augen.

„Oh je, drei gegen sechzehn", stöhnte er, als ihm die Konsequenz dessen bewusst wurde, was vor ihnen lag. „Ich glaube, mein Herz rutscht mir soeben in die Hose!"

„Und mir ist vor Angst so übel, dass ich mich stehend freihändig übergeben könnte", gab Crystal zu. „Aber da müssen wir jetzt durch!"

Und so stürmten die beiden ohne anzuhalten die soeben erreichten Treppen nach unten, wo die finale Konfrontation mit einem übermächtig erscheinenden Gegner auf sie wartete.

Pater O'Flaherty war nur kurz auf dem kleinen Sonnendeck zurück geblieben, wo ihn die braunhaarige, schlanke Frau und der nette junge Mann mit der Kurzhaarfrisur und dem leicht deutschen Akzent vor den bösen Machenschaften des Satyrs gerettet hatten. Der irische Geistliche konnte noch kaum fassen, was soeben hier im helllichten Sonnenschein vor sich gegangen war. Die dämonische Kreatur in der Gestalt eines gut aussehenden, weißblonden Mannes hatte ihn beinahe dazu gebracht, sich an einer Minderjährigen zu vergehen, der einzigen Passagierin, die sich außer O'Flaherty noch auf dem kleinen Sonnendeck befunden hatte. Ihm schauderte bei dem Gedanken, was hätte geschehen können, wären nicht gerade rechtzeitig die beiden Monsterjäger, wie er Crystal und Michael bei sich nannte, aufgetaucht. Mit eigenen Augen wurde der Pater dann Zeuge, wie sich die Schattenkreatur unter der Einwirkung von silbernen Amuletten, Weihwasser und Steinsalz zu einer schwarzen, schleimig-brodelnden Pfütze auflöste, deren vertrockneten Überreste soeben, von einer leichten Seebrise getragen, davon wirbelten. Seine Dankbarkeit dem unbekannten Mann und der Frau gegenüber war grenzenlos. Und sie beseelte den Wunsch in ihm, den beiden auf irgendeine Weise zu Hilfe zu kommen. Tatsächlich hatte er gleich darauf so etwas wie einen Geistesblitz.

„Aber natürlich, so werde ich helfen können!", rief er aus und setzte sich gleichzeitig mit den ausgesprochenen Worten in Bewegung.

So schnell es ihm die Badeschlappen an seinen Füßen erlaubten, eilte er mit wehendem Bademantel in Richtung seiner Kabine davon. Erstaunte Blicke begegneten ihm, doch er schenkte ihnen keinerlei Beachtung. In der Kabine angekommen, zog er sich so schnell wie möglich an. Er wählte nicht die legere Freizeitkleidung, welche er für die Kreuzfahrt eingepackt hatte. Nein, vielmehr legte er seine Priesterkleidung an: schwarze Socken, Schuhe, schwarzes Hemd mit Jackett der gleiche Farbe und einem weißen Priesterkragen. Am Revers seines Jacketts haftete ein silbernes Kreuz, eine Anstecknadel, die er von seinem Bruder geschenkt bekommen hatte. Außerdem legte er noch eine Kette um, deren Anhänger ebenfalls aus einem Kruzifix bestand, ein größeres natürlich, und zudem geweiht. In die Jackentasche packte er dann noch seine Handbibel und einen kleinen Flakon mit Weihwasser.

Diesen führte er aus alter Gewohnheit immer mit sich.

In voller 'Dienstkleidung' stürmte er sogleich wieder aus seiner Kabine und machte sich auf dem schnellsten Weg zur Schiffskapelle auf. Dort hoffte er im Schiffsgeistlichen, mit dem er einen guten Kontakt geknüpft hatte, einen Verbündeten zu finden, der ihm bei der Beschaffung der Utensilien, die er auf seinem Hilfs-Feldzug verwenden wollte, behilflich sein konnte.

„Jesus Christus, steh mir in dieser finsteren Stunde der Not bei", murmelte er unentwegt vor sich hin. Und wahrhaftig, die Hilfe höherer Mächte konnte er bei der Umsetzung seines Plans sicherlich gut gebrauchen.

Es war ruhig hier unten, tief im Bauch des großen Kreuzfahrtschiffes MS SERPENTIA, wo die Crew ihre Kabinen hatte, und das Dröhnen und Vibrieren der Schiffsmotoren und Generatoren allgegenwärtig war. Fast ein wenig zu ruhig für den Geschmack Rolfhardt Ethelbert Ronan von Schressens. Es war nun schon einige Minuten her, als er hier unten, während seiner Suche nach dem Stützpunkt, der Kabine ihrer Gegner, einem der als Menschen getarnten Satyre begegnet war. Den darauf entbrennenden Kampf hatte der weiße Vampir klar für sich entschieden. Von dem Schattenwesen dagegen blieb lediglich einen stinkende, schwarze, Blasen werfende Pfütze auf dem Metall des Gangbodens zurück. Für den Wiener Vampir war dieses Zusammentreffen ein Beleg dafür, dass er sich auf der richtigen Spur befand. Die gesuchte Kabine musste sich irgendwo hier unten befinden, dessen war sich Rolfhardt nun sicher. Die weitere Suche gestaltete sich allerdings mehr als schwierig. Dieses hier war der Mannschaftstrakt. Es gab nur wenige, auffällige Merkmale, und die Kabinentüren trugen zur

Kennzeichnung meist nur kurze Nummern, sahen ansonsten aber eine wie die andere aus. Die meisten von ihnen fand der Österreicher verschlossen vor. Die wenigen Unverschlossenen erwiesen sich allesamt nicht als die von ihm gesuchte. Rolfhardt brannte die Zeit auf den Nägeln. Es war ihm bewusst, dass sein Eingreifen, sowie das von Michael und Crystal von ihren Gegenspielern nicht unbemerkt bleiben würde. Es war seiner Ansicht nach nur eine Frage der Zeit, bis sich die Schattennymphen und Satyre zu einer gemeinsamen Gegenaktion zusammenfinden würden. Mit ein Grund, warum er die gesuchte Kabine schnell finden musste.

Kurze Zeit später kam ihm sein Glück erneut zu Hilfe. Sein als Vampir besonders ausgeprägter Hörsinn vernahm wieder sich rasch nähernde Schritte von einer Person. Rasch zog sich der weiße Vampir in einen unbeleuchteten Seitengang zurück und presste sich flach an die Gangwand. Kurz darauf rannte eine Gestalt an der Gangöffnung vorbei. Rolfhardt grinste zufrieden, als er registrierte, dass es sich dabei um eine der getarnten Schattennymphen handelte. Die in Gestalt einer schlanken, apart aussehenden, weißblonden jungen Frau auftretende Kreatur der Finsternis schien es auffällig eilig zu haben. Sie hastete, ja rannte schon fast durch das Gewirr der metallenen Gänge im unteren Schiffsbauch.

Der schlanke Mann mit dem blonden, wallenden Lockenhaar, löste sich von der Gangwand. Leichtfüßig und lautlos nahm er die Verfolgung der Schattennymphe auf. Weit musste er ihr nicht folgen. Sie bog noch zwei Mal in abzweigende Gänge ab und hielt dann vor einer Tür inne. Dort führte sie ihre hohle, rechte Hand mehrmals in Kreisbewegungen über Türschloss und Klinke hinweg, bis deutlich vernehmbar ein Knacken ertönte und die Tür nach innen aufsprang. Schnell schlüpfte die Nymphe durch die Öffnung ins Innere der Kabine dahinter, und sogleich schloss sich deren Tür wieder.

„Bingo! Na, da haben wir doch, was wir suchen!", murmelte Rolfhardt mit leisem Triumph vor sich hin.

Schnell trat er näher, verharrte dann aber angestrengt lauschend vor der Tür. Seine empfindlichen Ohren konnten jedoch keinen einzigen Laut vernehmen. Allerdings wunderte dieser Umstand den Vampir recht wenig. Mit Sicherheit hatten ihre Gegner ihren Stützpunkt mit gewissen, magischen Schutzmechanismen versehen, die eine zufällige Entdeckung verhindern sollten. Dazu gehörte auch das Türschloss, denn bei den Bewegungen, die die Schattenkreatur mit ihrer Hand darüber ausgeführt hatte, handelte es sich ohne Zweifel um in die Luft gezeichnete, magische Symbole.

Probeweise steckte Rolfhardt seine Hand in Richtung Schloss und Türgriff aus. Sofort setzte ein glühender, kaum zu ertragender Schmerz in seinen Fingern ein, der sich mit jedem weiteren Millimeter, den sich die Hand der Tür näherte, exponentiell verstärkte. Selbst er als Vampir hatte diesem Zauber nichts entgegen zu setzen. So würde er also die Tür nicht auf bekommen. Mit grimmigen Gesichtsausdruck ließ Rolfhardt darum seine Hände dicht über dem Holz, aus dem die Tür bestand, hinweg gleiten, um zu ertasten, wie weit ausgedehnt der geschützte Bereich um das Schloss herum reichte. Gleich darauf verwandelte sich seine besorgte Miene zu einem spöttischen Grinsen.

„Sehr nachlässig, meine schwarzen Freunde!", lachte er leise. „Ihr habt euren Verschluss-Bann tatsächlich nur auf das Türschloss und die Klinke beschränkt!"

Daraufhin trat er bis zur gegenüber liegenden Gangwand zurück und warf sich dann mit kurzem Anlauf und mit seiner gesamten Kraft gegen die verschlossene Kabinentür. Mit dumpfem Krachen sprang die Tür auf, während Rolfhardt mit Katzen gleicher Gewandtheit wieder auf seinen Füßen landete.

Übelkeit erregender Gestank umgab den Wiener Vampir. Im düsteren Licht des Raumes, der nur von etlichen schwarzen Kerzen schwach erleuchtet wurde, identifizierten seine nachtsichtigen Augen einen Haufen schrecklich zugerichteter, menschlicher Überreste, bestehend aus Knochen, Haut- und Fleischfetzen, verwesenden Innereien und blutbesudelter Kleidung als Quelle des bestialischen Verwesungsgeruchs. Rasch ließ Rolfhardt seinen Blick weiter durch den Raum wandern. Er erfasste ein großes Pentagramm auf dem Boden in der Mitte des Raumes, umgeben von zwei Reihen kreisförmig angeordneter, magischer Symbole und Zeichen. Und er konnte eine Art schwarzen Altar ausmachen, hüfthoch, mit einer Opferschale darauf, die von blakenden schwarzen Kerzen umgeben war.

Vor diesem Altar stand die Schattennymphe, halb in Metamorphose zu ihrer wahren Gestalt hin begriffen. Ihre Haut hatte bereits eine dunkelblaue, durch feine schwarze Linien darauf wie marmoriert aussehende Farbe angenommen. Der Schädel streckte sich und nahm eine spitze Form an, mit ebenfalls spitz zulaufenden Ohren an der Seite, und rot glühenden, wie bei einem Ziegenbock quer geschlitzten Augen vorne. Diese richteten sich auf den ungebetenen Eindringling. Aus dem geifernden Maul des Finsterwesens drang ein ärgerliches Fauchen und Zischen zwischen den nadelspitz zulaufenden Zähnen hervor. Außerdem vollführte die Schattennymphe Schlagbewegungen mit ihren langen, knochig-dürren Klauenhänden, deren schwarze Krallennägel im Licht der Kerzen glänzten. Das unheimliche Wesen fuhr vollends herum und ging langsam und in bedrohlicher Körperhaltung auf von Schressen zu.

„Liebe Gäste begrüßt man aber freundlicher!", rief dieser der Schattennymphe mit tadelndem Tonfall in seiner Stimme entgegen.

Auch er veränderte sich, kehrte wieder sein vampirhaftes Äußeres hervor. Seine Haut wurde schlagartig so bleich, dass sie fast wie weiß erschien. Die Eckzähne in seinem Mund schossen förmlich hervor, wurden lang und Nadel scharf. Die Skleren seiner Augäpfel schienen mit einem Mal wie rot geädert, mit kleinen, nur Punkt großen und stechend schwarzen Pupillen darin. Die Finger an seinen Händen waren knochig dünn geworden, mit Krallen artigen Fingernägeln daran. Dieser Vorgang dauerte nur Sekunden. Rolfhardt führte diese komplette Gestaltveränderung nur durch, wenn es notwendig war, um auf alle Vorteile wie Körperkraft, Schnelligkeit und Widerstandsfähigkeit zurückzugreifen, die ihm die Vampirgestalt bot. So vorbereitet, erwartete er den Angriff der Schattenkreatur.

135

Doch dieser erfolgte nicht sogleich. Als die Schattennymphe begriff, dass sie einen ernstzunehmenden Gegner vor sich hatte, bremste sie ihre Annäherung. Rasch brachte sie das große Pentagramm mit den magischen Kreisen drumherum zwischen sich und den Vampir. Immer wieder setzte sie dabei zu einer Art Scheinangriff an, wich aber jedes Mal kurz bevor sie die Symbole auf dem Fußboden berührte wieder zurück.

„Du willst mich wohl da drauf locken, was?", murmelte Rolfhardt leise vor sich hin. „Aber ich durchschaue dein Spiel!"

Nicht unbegründet vermutete der Mann aus Wien irgendeine Teufelei, sollte er es wagen, in den magischen Kreis zu treten. Schließlich war dies ein schwarzmagisches Gebilde, und stellte seiner Vermutung nach eine Brücke, oder auch Pforte zwischen MATER, der Welt der Menschen und des Materiellen, und NEGEM, der Sphäre der Düsternis dar. Ein Betreten durch Unbefugte konnte demnach tödliche Folgen haben, genau so, als würde ein Dunkelwesen einen weißmagischen Schutzkreis betreten.

Mehrmals versuchte Rolfhardt, nach rechts oder links um den Kreis herum zu rennen, um der Schattennymphe habhaft zu werden. Doch die erwies sich als mindestens genau so schnell wie er, und so entwickelte sich das Ganze zu einer Art totem Rennen.

„Du willst wohl Zeit schinden?", schimpfte der Vampir vor sich hin. „Mal sehen, wie dir das gefällt!"

Mit diesen Worten wischte er mit dem Schuh an seinem rechten Fuß über eines der Symbole des äußeren Kreises um das Pentagramm hinweg. Die Farbe erwies sich jedoch als äußerst zäh, wie von Schressen mit leisem Bedauern feststellte. Er würde das Symbol wohl kaum nur durch darüber hinweg reiben mit dem Schuh abwischen können. Immerhin hatte er es ein klein wenig verwischen können. Das schien die Kreatur der Finsternis durchaus etwas zu beunruhigen. Sie fauchte erneut und machte Anstalten, über den magischen Kreis hinweg zu springen, schreckte dann aber doch wieder zurück.

Der Vampir versucht mit Finten und einigen schnellen Schritten um den Kreisbogen der Symbole herum zu dem

Schattenwesen zu gelangen. Doch mit erstaunlicher Gewandtheit und Schnelligkeit wich die Kreatur mit der dunkelblauen Haut zurück. So blieb das Ganze für einige Zeit ein stetes hin und her, und keiner bekam den anderen richtig zu greifen. Rolfhardt wurde langsam nervös. Nicht nur, weil er wusste, dass die Schattennymphe auf Zeit spielte, sondern auch, weil sich in seinem Magen ein unangenehm zehrendes Gefühl breit machte. Die Erfahrung aus über 250 Jahren Dasein als Vampir hatte ihn nur zu gut gelehrt, dass diesem Gefühl bald große Schwäche folgen würde, bekäme er nicht bald den Stoff, den er zum Leben brauchte, nämlich Blut.

„Ausgerechnet jetzt", seufzte er leise vor sich hin. „Einen unpassenderen Zeitpunkt gibt es wohl kaum!"

In diesem Moment ertönte hinter seinem Rücken ein grässliches, wütendes Fauchen. Es kam von der demolierten Eingangstür her. Gedankenschnell wich Rolfhardt zur Seite aus. Nur der Tatsache, dass er aus den Augenwinkeln einen Schatten sah, und seinem außergewöhnlichen Reaktionsvermögen hatte er es in diesem Moment zu verdanken, dass er dem Angriff einer zweiten Höllenbestie entgangen war.

„So a Sauerei!", entfuhr ihm ein gefluchter Kommentar auf Wienerisch, angesichts der Tatsache, nun zwei Gegner vor sich zu haben. „Noa a Weil, und do hama dü gsamte G'Schwachta do herrinnen!"

Er stellte sich in Positur und machte mit den Fingern beider Hände auffordernde Bewegungen in Richtung der beiden Wesen.

„Kommts, kommts!", forderte er sie auf und fletschte sein Vampirgebiss. „Holts eich a poar Hausdetschen ab!"

Ob es an seinem breiten, Wiener Dialekt lag, dass ließ sich natürlich nicht feststellen. Jedenfalls stürzte sich einer der beiden Kreaturen, die Schattennymphe, geifernd und fauchend auf den Österreichischen Aristokraten. Sie versuchte, sich mit ihren langen, schwarzen Krallen an ihren knochigen Fingern im schulterlangen, gewellten Haar des Vampirs festzukrallen. Doch der packte blitzschnell zu, umklammerte mit eisernem Griff die beiden Handgelenke der Angreiferin, und nutzte deren eigenen Schwung, um sie an sich vorbei herum zu reißen und zu Boden zu schicken. Noch während die Schattennymphe mit einem wütenden Aufschrei auf den Kabinenboden krachte, vollendete Rolfhardt seine Drehung um die eigene Achse, wobei er in seine Jackentasche griff und nun dem zweiten Höllenwesen eine gehörige Ladung Steinsalz entgegen schleuderte. Dieses kreischte voller Schmerzen auf und riss sich die blauhäutigen Knochenhände vor das Gesicht. Schwärzlicher, stinkender Rauch stieg von den Stellen der dunkelblauen Haut auf, an dem das Steinsalz direkt aufgetroffen war. Noch wirkungsvoller wäre die Attacke ausgefallen, hätte Rolfhardt die Chance gehabt, der zweiten Schattennymphe das Salz direkt in den Rachen zu stopfe, wie bei dem Satyr, den er zuvor zur Strecke bringen konnte. Doch dazu hätte er sie im Griff haben müssen. In der jetzigen Situation musste er sich damit begnügen, die Kreatur für einige Momente abgelenkt zu haben.

Rolfhardt konnte gerade noch herum wirbeln, da war auch schon die kurz zuvor unsanft zu Boden geschickte Schattennymphe heran. Sie warf sich mit voller Wucht gegen den schlanken Wiener. Dieses Mal gelang es ihr, Rolfhardt mit zu Boden zu reisen. Dieser hatte alle Hände voll zu tun, die knochigen Krallenhände abzuwehren und dem wütend zuschnappenden Gebiss mit dem vor ekelhaften Geifer tropfenden, nadelspitzen Zähnen darin auszuweichen. Das gelang ihm nur mit Mühe. Das Finsterwesen setzte ihm schwer zu. Er schaffte es nicht, in seine Jackentasche zu greifen, um entweder Salz oder einer der Flakons mit dem Weihwasser darin hervor zu holen. Zu allem Übel erholte sich nun auch die zweite Kreatur langsam von der Salzattacke. Es konnte sich nur noch um Sekunden handeln, bis auch sie wieder aktiv in den Kampf eingreifen würde.

Der Vampir verfluchte seine weiter zunehmende Schwäche, die vom Blutmangel herrührte. Sie war der Grund, warum er sich der Angriffe der Schattennymphe nur mühsam erwehren konnte. Endlich schaffte er es, sich einen Moment von der stinkenden Gestalt zu lösen und etwas Abstand zu gewinnen. Sofort schnellte sein rechter Arm in die Sakkotasche und zog einen Weihwasserflakon hervor.

Gleich darauf hüllte ein feiner Nebel, der auf die Finsterwesen wie ätzende Säure wirkende Flüssigkeit wirkte, die Schattennymphe ein. Diese kreischte schrill wie ein waidwundes Tier auf und rollte sich zusammen. Rasch rappelte sich der Vampir auf, doch bevor er weiteres Weihwasser versprühen konnte, wurde ihm der Flakon mit einem wuchtigen Schlag aus der Hand geprellt. Er flog in hohem Bogen davon und zerschellte splitternd mitten in dem magischen Kreis auf dem Fußboden, aus dem sofort zischenden Dampf ausstieg.

Rolfhardt fauchte verärgert mit entblößten Vampirgebiss auf und fuhr herum. Aus rot geäderten Augen starrte er die zweite Nymphe an, die sich wieder aufgerappelt und ihm den Flakon aus der Hand geschlagen hatte. Doch noch bevor die beiden Gegenspieler sich aufeinander stürzen konnten, kamen durch die aufgebrochene Eingangstür sechs weitere der weißblonden Kuckucksmenschen in die Kabine gestürmt. Dem Wiener Vampir fuhr eisiger Schrecken durch die Glieder. Mit jetzt sieben aktiven Gegnern konnte er es in seinem zunehmend geschwächten Zustand mit Sicherheit nicht aufnehmen. Die Situation war damit schlagartig nicht nur mehr als bedrohlich für ihn geworden, sondern nahezu aussichtslos.

„Scheiße!", fluchte er unbeherrscht. „Was solls, ma duat nua omol abkratzn!"

Mit diesen Worten bereitete er sich auf den zu erwartenden Angriff der

sieben Gegner vor. Es würde ein ungleicher Kampf werden.

„Himmel hilf, jetzt sind es schon sechs von diesen weißköpfigen Finsterlingen!"

Diese Feststellung, etwas atemlos vom neben Crystal her rennenden Michael ausgestoßen, klang alles andere als ermutigend. In der Tat war die Gruppe der drei Kuckucksmenschen, die die beiden selbst ernannten Monsterjäger in die Tiefe des Schiffsbauches verfolgten, in kurzer Zeit auf die eben erwähnte sechs Individuen angewachsen. Das Kräfteverhältnis in der zu erwartenden Auseinandersetzung verschob sich also immer mehr zu Ungunsten von Rolfhardt, Michael und Crystal.

„Meine größte Sorge ist, ob wir rechtzeitig bei unserem blond gelockten Freund sind", meinte Crystal, ebenfalls etwas kurzatmig. „Selbst wenn er als Vampir über größere Körperkräfte verfügt, wird er gegen eine Übermacht untergehen."

„...und überhaupt ist heute wieder alles klar auf der Andrea Doria...", intonierte Michael einen deutschen Schlagerklassiker.

„Wie bitte?", fragte Crystal irritiert in Richtung ihres Freundes und Mitkämpfers gegen die dunklen Mächte.

Michael winkte nur ab.

„Erkläre ich dir bei Gelegenheit", antwortete er. „Hat was mit einem sinkenden Schiff zu tun."

„Du hast manchmal eine seltsame Art von Humor", meinte die Britin Kopf schüttelnd. „Und ich dachte immer, wir Engländer wäre in dieser Beziehung schräg drauf. Mein Deutschlandbild ist erschüttert!"

Trotz der brenzligen Situation konnte sich Michael ein schwaches Grinsen nicht verkneifen.

„Achtung, sie biegen wieder ab!", machte ihn Crystal leise auf die von ihnen verfolgte Gruppe aufmerksam.

Die sechs Schattennymphen und Satyre waren nach rechts um eine Ecke verschwunden. Michael und die derzeit immer noch braunhaarige Londonerin beschleunigten daraufhin ihre Schritte. Gerade noch rechtzeitig schossen auch sie um die Ecke, um die Gruppe vor ihnen im letzten Moment nach links, in einen weiteren Gang verschwinden zu sehen. Als die beiden sich diesem näherten, verspürten sie mit einem Male so etwas wie eine Beklemmung, eine Art undefinierbare Angst, welche ihnen suggerieren wollte, dass es wohl besser sein würde, umzudrehen und eine andere Richtung einzuschlagen.

„Ist dir auch zumute, als müsstest du dich zugleich

übergeben und vor Angst in die Hose machen?", fragte Crystal ihren Begleiter.

„Allerdings!", antwortete dieser mit säuerlich verzerrter Miene. „Meine Knie können gar nicht so schnell wackeln, wie sie zittern wollen!"

„Dann sind wir richtig. Es kann nicht mehr weit sein". Michaels Kommentar auf die Feststellung seiner englischen Freundin bestand in einem tiefen, Herz zerreisenden Seufzer. Dann riss er sich zusammen und folgte ihr, denn sie hatte sich bereits entschlossen wieder auf den Weg gemacht. Als sie in den Gang einbogen, worin die Sechsergruppe kurz zuvor hinein verschwunden war, sahen sie zunächst nichts, denn die Kuckucksmenschen befanden sich nicht mehr in dem Schiffskorridor.

„Da vorne steht eine Tür offen!", rief Michael und zeigte voraus. „Jede Wette, dass die dort hinein verschwunden sind!"

Crystal nickte mit ernstem Gesicht. „Da stimme ich dir zu. Wir sollten uns also vorher bewaffnen!"

Michael nickte und kramte sofort in seinen Jackentaschen nach dem mitgeführten Verteidigungsmaterialien. Ein geweihtes Silberkreuz steckte er sich in seine linke Brusttasche des Hemdes, so dass es ein wenig daraus hervorlugte. Ein weiteres hängte er mittels einer Kette um seinen Hals, zu den dort bereits baumelnden sechs Ketten mit diversen Schutzzeichen, allesamt ebenfalls aus Silber. Ringe des gleichen Materials zierten zudem einige seiner Finger an beiden Händen. Dann nahm er noch einen Silberdolch in die linke, und eine Spritzpistole voll mit Weihwasser in die rechte Hand. Auch Crystal 'bewaffnete' sich mit Weihwasser, Amuletten und Ketten, doch bei weitem nicht so martialisch wie ihr deutscher Freund. Als beide fertig waren, nickten sie sich zu und setzten sich dann langsam und leise in Bewegung.

Vorsichtig näherten sie sich der offen stehenden Kabinentür. Zu ihrer Verblüffung schauten sie in eine scheinbar leer stehende Mannschaftskabine.

„Verflixt, ich hätte schwören können, dass die dort drinnen sein müssen!", entfuhr es Michael verblüfft.

„Ich glaube immer noch, dass sie es auch sind!", meinte

Crystal nachdenklich und deutete dabei auf die offen stehende Tür. „Schau, diese Tür wurde aufgebrochen. Ich wette, das war unser Österreichischer Freund. Man will uns nur glauben machen, dass sich nichts in dem Raum befindet!"

„Du meinst, da liegt ein Zauber, ein Bann oder irgend so etwas darauf?"

„Mit Sicherheit!", antwortete Crystal. „Ich probiere mal was aus…"

Mit diesen Worten nahm sie einen Sprühflakon Weihwasser zur Hand und nebelte damit den Türrahmen einmal rundherum ein. Die Wirkung war erstaunlich. Die Luft in der Eingangsöffnung schien mit einem Male zu flimmern. Schlagartig änderte sich die Szenerie und sie sahen anstatt einem Raum mit leeren Betten ein geradezu surreal anmutendes Bild. Schwarze Kerzen auf einem Altarähnlichen Schrank erhellten mit flackerndem, trübem Licht einen ansonsten völlig leeren Raum. In einer Ecke lag ein Haufen Knochen, Kleidung und weiter nicht definierbare Dinge. Ekelerregender Gestank schlug den beiden Monsterjägern entgegen. Auf dem Boden dominierte ein großes, von zwei Kreisen magischer Symbole eingerahmtes Pentagramm. Daneben wand sich ein Knäuel aus blauschwarz gefärbten, teils gehörnten Leibern, die einem Alptraum von Hieronymus Bosch entsprungen zu sein schienen. Und unter diesen wimmelnden Alptraumgeschöpfen lag…

„Rolfhardt!"

Michaels erschrockener Aufschrei hallte durch den Raum, und sofort fuhren einige Köpfe aus dem Wust an Körpern vor ihnen herum und mehrere rot funkelnde, quer geschlitzte Augenpaare starrte den beiden Ankömmlingen entgegen.

„Reife Meisterleistung!", zischte Crystal dem braunhaarigen, schlanken Mann an ihrer Seite zu.

„Oha!", machte dieser. „Ich glaube, ich sollte noch ein wenig an meiner Selbstbeherrschung arbeiten. Das war's dann wohl mit dem Überraschungseffekt!"

Crystal zog kurz spöttisch ihre linke Augenbraue hoch, dann richteten die beiden sofort wieder ihre

Aufmerksamkeit auf den halb unter den Leibern mehrerer Angreifer verborgenen Rolfhardt. Es war nicht zu übersehen, dass sich der weiße Vampir in echter Bedrängnis befand. Fieberhaft überlegte die Britin, wie sie dem Freund helfen konnten.

„Wie gut bist du im Werfen?", zischte sie Michael zu.

„Ganz gut, aber ich verstehe nicht...?", kam die überraschte Antwort.

„Weihwasserphiolen und Amulette", rief ihm Crystal daraufhin kurz zu, mit einer nickenden Bewegung zu Rolfhardt und der Höllenbrut über ihm.

Sofort wusste Michael, was gemeint war, und er kramte die kleinen Glasphiolen aus seiner Jackentasche.

„He, ihr blau gefärbten Spinner", schrie Crystal unterdessen die Schattennymphen und Satyre an, um sie abzulenken. „Ihr stinkt und solltet euch mal waschen. Hier ist schon mal ein bisschen Wasser dazu!"

Mit diesen Worten betätigte sie den Abzug der mit Weihwasser gefüllten Druckluft-Spritzpistole. Der nadelscharfe, feine Wasserstrahl erfasste die vorderen beiden Finsterwesen, die sofort gequält aufbrüllten und ihre Arme schützend vor die zu grässlichen Grimassen verzerrten Gesichter hoben. Zwei weitere wandten sich um und sprangen auf die schlanke Engländerin zu. Diese empfing sie mit einer Handvoll Salz, was eine weitere Kakophonie an Schreien und Brüllereien zur Folge hatte. Immerhin hatte sie nun die volle Aufmerksamkeit der ganzen Höllenbande und Michael genügend Zeit verschafft, ungestört zu zielen. So jagte dieser in schneller Folge fünf Phiolen und zwei Silberamulette in die Gruppe um Rolfhardt. Das dünnwandige Glas zerbrach sofort und setzte beim Auftreffen kleine Wolken des geweihten Wassers frei, die sich zu allen Richtungen hin ausbreiteten. Das und die Kraft der Schutzamulette sprengte die Gruppe förmlich auseinander, so das Rolfhardt Ethelbert Ronan von Schressen gleich darauf nur noch mit einem Satyr heftig rang, während die anderen versuchten, sich das Weihwasser vom Körper zu wischen, das ihre blauschwarze Haut verätzte und verbrannte. Mit vor Wut verzerrten Gesichtern wandten sich drei von ihnen nun

Michael zu, den sie lauernd umkreisten. Der hielt sie sich mit dem Silberdolch und Weihwassersprühstößen aus einem Flakon vom Leib.

Rolfhardt bekam unterdessen seinen Gegner nicht richtig zu fassen. Dieser schlug sein raubtierhaftes Gebiss in die Schultern des Vampirs, der gepeinigt aufschrie. Doch dieser Schmerzschock verlieh dem Wiener eine Art Kick, ein Aufbäumen. Er packte den Kopf des Satyrs an den Hörnern und drehte ihn mit unerbittlicher Gewalt herum. Unter grauenhaftem Knirschen brach schließlich das Rückgrat, und die Gestalt des Unwesens erschlaffte. Tot fiel der Körper zur Seite. Ächzend versuchte Rolfhardt sofort, auf die Beine zu kommen, was ihm mit Mühe gelang. Feurige Ringe tobten vor seinen Augen, die Luft brannte schwer in seinen Lungen, und das Gefühl der Schwäche wurde in ihm stärker und stärker. Verzweifelt musste er mit ansehen, wie zwischenzeitlich vier Schattenwesen auf den hübschen Deutschen eindrangen, der sich ihrer nur noch mit Mühe erwehren konnte. Crystal hielt sich drei Angreifer vom Hals, deckte sie immer wieder mit Salz und Weihwasser ein. Während der Wiener Aristokrat noch versuchte, wieder zu Atem zu gelangen, fiel sein Blick auf eine der Amulett-Ketten, die Michael zuvor geworfen hatte, um die geifernde Meute von ihm abzulenken. Rasch bückte er sich, ergriff das Teil und sprang auf einen der Satyre zu, der den jungen Deutschen umkreiste. Blitzschnell warf er der Kreatur das geweihte Amulett an seiner Silberkette über den Kopf des Satyrs. Es zischte, als das Metall den Körper des Höllenwesens berührte. Das Unwesen kreischte auf und versuchte, das für ihn unerträgliche Silber um seinen Hals wieder los zu werden. Doch sowie er danach griff, stiegen weitere, stinkende Qualmwolken von seinen Fingern auf. Halb wahnsinnig vor Schmerzen, torkelte der Satyr durch die Kabine, bis er an einer der Wände zusammenbrach, während das Silber seine zersetzende Wirkung fortsetzte. Wie ein unglaublich schnell wachsendes Geschwür, einem sich ausbreitenden Brandfleck auf einem Blatt Papier nicht unähnlich, wuchs der Bereich des schwarzen, zu stinkendem Moder zersetzten Fleisches, bis von dem unseligen Wesen nicht mehr übrig war, als ein undefinierbarer Haufen schwärenden Gewebes.

Die anderen zwei fuhren herum und stürzten sich brüllend auf den geschwächten Vampir. Von zwei Seiten gleichzeitig stießen sie mit ihren Krallenhänden zu. Michael konnte ein dumpfes Stöhnen von Rolfhardt hören, außerdem das Geräusch des unter den Krallenfingern der Scheusale zerreisenden Jacken- und Hemdstoffe. Rolfhardt taumelte, kaum noch einer halbherzigen Abwehr fähig. Nur schwach hob er seine Unterarme schützend vor das Gesicht. Die Haut seiner Arme war bereits durch blutende Schrammen und Risse gezeichnet. Es war zu erkennen, dass der Wiener nicht mehr lange durchhalten konnte. Michael bekam Angst um den Freund, den er zuvor noch nie in einem solch schwächlichen und erbärmlichen Zustand gesehen hatte. Ohne groß zu überlegen, zückte er wieder den Silberdolch und holte mit der linken Hand das Kruzifix aus der Brusttasche seines Hemdes hervor. Er fasste es verkehrt herum an, um es ebenfalls wie eine Stichwaffe zu verwenden. Mit einem Satz sprang er die beiden Satyre, die ihm unvorsichtigerweise den Rücken zugewendet hatten, von hinten an und rammte ihnen mit beiden Fäusten gleichzeitig die unterschiedlichen Stichwerkzeuge aus Silber in den dunkel gefärbten, mit räudig aussehenden Flecken verfilzt wirkenden, schwarzen Pelzes bewachsenen Rückseiten hinein. Urwelthaftes Schreien und Stöhnen erschreckte den jungen Deutschen, ließ ihm fast das Blut in seinen Adern gefrieren.

Einer der Satyre holte aus und verpasste Michael einen heftigen Schlag unter sein Kinn. Es riss ihn im hohen Bogen von den Beinen. Er stürzte nach hinten weg rücklings auf den Boden und schlitterte noch ein ganzes Stück über denselben hinweg. Dabei streifte sein linker Arm den äußeren Kreis der magischen Symbole um das Pentagramm. Ein stechender Schmerz fuhr dem ehemaligen Versicherungsmakler daraufhin durch dieses Körperteil, dem ein taubes, brennendes Gefühl folgte. Michael Fux, halb benommen von dem heftigen Faustschlag, schrie gellend und von Schmerz gepeinigt auf. Während er heftig gegen eine anbrandende Ohnmacht ankämpfte, bekam er undeutlich mit, wie die beiden von ihm attackierten Satyre zu Boden sanken, und, hilflos der zersetzenden Kraft des Silbers ausgeliefert, von diesem regelrecht von innen heraus verzehrt wurden.

„Zw..zwei...weniger", drang es gurgelnd aus seiner Kehle hervor.

Er versuchte, wieder auf die Beine zu kommen, denn Crystal, seine Freundin und Schicksalsgefährtin, hatte gegen die vier sie bedrängenden Schattennymphen einen schweren Stand. Die vier dunkelblau gefärbten Furien umkreisten lauernd die schlanke Engländerin. Crystal musste sich dauernd drehen und wenden, um ihre Gegnerinnen nicht aus den Augen zu verlieren, und um auf einen möglichen Angriff entsprechend reagieren zu können. Immer wieder versuchte sie dabei, die Schattennymphen mit Weihwasser-Sprühstößen und Salz zu attackieren. Doch diesen gelang es meistens, rechtzeitig auszuweichen. So verpufften die Aktionen der Londonerin meist wirkungslos. Die Situation wurde dadurch langsam brenzlig. Rolfhardt schien in schlechter Verfassung zu sein, und Michael wurde nach seiner Attacke soeben unsanft zu Boden geschmettert. Hilfe war also von den beiden Männern kaum zu erwarten. Zu allem Übel ging ihr nun auch langsam Salz und Weihwasser aus. Sie musste also schleunigst etwas unternehmen. Angestrengt dachte sie nach, um eine Lösung zu finden. Schließlich hatte sie eine vage Idee, die wenigstens ein bisschen Erfolg zu versprechen schien.

Ohne Vorwarnung machte sie einen Satz auf eine der vier Schattennymphen zu. Dabei riss sie ihre grünen Augen weit auf, und stieß dabei einen schrillen Schrei aus. Diese unerwartete Aktion schien die Höllenkreaturen für einen Moment zu verwirren. Ein kurzer Augenblick, der der Britin genügte, um sich auf die vor ihr stehende Gegnerin zu werfen. Krachend ließ Crystal ihre mit Salz gefüllte Faust gegen deren Maul voll Nadel spitzer Zähne donnern. Es splitterte heftig, und die scharfen Bruchkanten des zertrümmerten Materials riss blutende Wunden über Crystals Handrücken und Finger, die heftig brannten, teils wegen des Salzes, teils wegen des ätzenden Speichels aus dem Maul der Schattennymphe. Kreischend schlug diese in einer Abwehrreaktion mit ihren Krallenhänden nach der Britin, und zerriss dabei Teile ihrer Oberbekleidung. Dann taumelte das Finsterwesen gurgelnd zurück, und schwarzer Schaum trat ihr vor das Maul, als das Steinsalz brodelnd und zischend sein Zersetzungswerk begann. Nun gab es für die anderen drei Angreiferinnen kein Halten mehr. Unter schrillem Geschrei stürzten sich diese auf Crystal, verkrallten sich in ihr Haar und ihre Jacke. Doch die Silberamulette um den Hals der Monsterjägerin wirkten, als würden zwei gleich gepolte Magnete aufeinander treffen. Wie von einem Stromstoß getroffen, zuckten die dunkelblauen Krallenhände vom Kopf-, Hals und Brustbereich wieder zurück. Doch Bauch und Beine lagen nicht mehr im Schutzbereich der Amulette. So konzentrierte sich der Angriff der drei Schattennymphen eben auf diese Gebiete, und Crystal hatte drei stinkende, blauhäutige, Spitzohrige Wesen an ihren Beinen hängen, die mit langen, spitzen Zähnen und Krallen nach ihr schnappten und griffen. Wie von selbst flog ihr einer der letzten beiden Silberdolche, über die die Britin noch verfügte, in ihre rechte Hand. Ohne zu zögern stach sie auf die sie angreifenden Hände und Köpfe ein, erntete wütendes, Schmerz erfülltes Geschrei.

Sie erzielte damit jedoch nur kurzzeitige Erfolge, denn die drei Furien zogen Hände und Köpfe zwar kurz zurück, setzten dann jedoch ihre Angriffe fort. Das Silber wirkte nur dann zersetzend, wenn es in der Wunde verblieb. Crystal musste aber etwas tun, denn ihre Hose wurde nun rasch zu Streifen zerfetzt und erste, höllisch brennende Risswunden von den scharfen Krallen der Nymphen verunzierten die schlanken, langen Beine der Monsterjägerin.

Entschlossen packte die junge Frau daher nun den kurzen Silberdolch mit beiden, zur einer Faust geformten Händen und trieb ihn kaltblütig, ohne auch nur mit der Wimper zu zucken, in den spitz zulaufenden, blauhäutigen Schädel einer Angreiferin. Wie vom Blitz gefällt, kippte diese nach hinten weg und blieb in verrenkter Position liegen. Noch bevor die beiden anderen so richtig mitbekommen hatten,

147

was da soeben vor sich ging, hatte sich Crystal ihren letzten, noch verbliebenen Dolch geschnappt und ihn einer weiteren Schattenkreatur direkt zwischen den Augen mit den gelben, quer geschlitzten Pupillen in die Stirn gerammt. Das Wesen konnte noch einen, an ein klägliches Maunzen erinnernden Laut von sich geben, dann fiel auch es einfach zur Seite und blieb tot liegen, wurde langsam vom silbernen Material des Dolches zersetzt.

Die letzte der vier Angreiferinnen stürzte sich nun mit Vehemenz auf Crystals Bein. Diese schrie gellende auf, als sich die scharfen Zähne durch den zerfetzten Stoff ihrer Hose ins Fleisch ihrer Wade bohrten. Nur den verbliebenen Kleidungsresten hatte sie es zu verdanken, dass die Schattennymphe ihre gefährlichen Beißwerkzeuge nicht direkt in Crystals Muskelfleisch versenkte. In ihrer Panik zertrümmerte die Britin den Flakon mit dem restlichen Weihwasser darin auf dem dunkelblauen Schädel ihrer Angreiferin. Die jaulte auf, als das klare, geweihte Nasse brodeln und Blasen schlagend an ihrem Kopf und Gesicht herunter lief. Doch sie ließ nicht los, ihre Kiefer drückte weiterhin zu, und schon sickerte Crystals Blut aus unzählig vielen kleinen, von den nadelscharfen Zähnen durch den Hosenstoff hindurch gerissenen Wunden hervor. Stöhnend griff Crystal in ihre Jackentasche, klaubte das restliche, noch darin befindliche Salz hervor, und rieb es der Nymphe über die blaue Kopfhaut und in ihre Augen. Außerdem streifte sie noch eines ihrer Amulette ab, und warf es der Blauhäutigen über den hässlichen Spitzkopf. Zischend fraß sich das magische Schutzamulett sodann in das schwarze Fleisch der Höllenkreatur. Erst jetzt ließ diese von der Engländerin ab, wand sich unter Kreischen und gutturalen Stöhnen am Boden, während Salz und Weihwasser ihre ganze Kraft entfalteten. Nach kurzer Zeit erstarben ihre Bewegungen, und das Finsterwesen kippte leblos.

Crystal sank schwer atmend auf ihre Knie, als nach dem Tod ihrer letzten Gegnerin Ruhe über das Innere der Kabine herein sank. Tränen standen in ihren Augen, Tränen des Schmerzes, denn die Striemen, Risse und Bisswunden, die ihr die Angreiferinnen beigebracht hatten, schmerzten höllisch und brannten wie Feuer. Mit verschleiertem Blick konnte die zur Zeit noch braunhaarige Britin erkennen, das Rolfhardt nach wie vor geschwächt auf dem Boden lag, während Michael es geschafft hatte, sich ebenfalls auf seine Knie zu erheben. Langsam kam er auf seine Beine, die sich als äußerst wacklig erwiesen. Doch der ehemalige Versicherungsmakler biss die Zähne zusammen, stapfte schwankend zu Crystal hinüber, und ließ sich neben der Freundin und Gefährtin wieder auf seine Knie sinken. Er konnte sehen, wie erledigt die junge Frau war. Genau, wie er selbst, von dem nahezu handlungsunfähigen, weißen Vampir ganz zu schweigen. Michael wollte etwas sagen, doch ein Geräusch vom Eingang her ließ ihn herumfahren.

„Oh nein!", entfuhr es ihm tonlos, als er sah, was dort von sich ging.

Weitere Kuckucksmenschen drängten durch die eingetretene Eingangstür ins Kabineninnere, halb schon in Metamorphose zu ihrer wirklichen Gestalt begriffen. Fauchen, Schreie und obszön klingende Worte in einer unbekannten Sprache drangen zu ihm und Crystal herüber. Rasch zählte der Deutsche die Eintreffenden. Es waren neun Finsterwesen - drei Satyre und sechs Schattennymphen. Damit war klar, dass die restlichen Mitglieder der ehemals achtzehnköpfigen Truppe am Ort des Geschehens eingetroffen waren.

Neun Höllenkreaturen gegen zwei völlig entkräftete Menschen, die zudem über kein Salz und kein Weihwasser mehr verfügten, welches sie im Kampf hätten einsetzen können, und ein geschwächter, handlungsunfähiger Vampir. Ein äußerst ungleiches Verhältnis. Michael blickte seiner Freundin in die jetzt wieder grünen Augen.

„Ist das das Ende?" flüsterte er leise.

Crystal biss sich auf ihre Unterlippe. Sie sagte kein Wort, doch sie nickte fast unmerklich. Der Deutsche erschauerte unter dem Gefühl der Kälte, welches ihn urplötzlich durchströmte. Einmal war er dem Tod durch Kreaturen der Finsternis schon entkommen, vor gar nicht allzu langer Zeit, in Cadwrigham House, das Domizil des schwarzen Earls. Doch dieses Mal würde es keinen Ausweg geben, dazu waren die Fronten zu klar verteilt.

Die neunköpfige Höllenbrut kam langsam auf Crystal und

Michael zu und kreiste sie ein. Rolfhardt Ethelbert Ronan von Schressen beachteten sie nicht weiter. Er war zu geschwächt, um irgendetwas zu unternehmen. Um ihn konnten sie sich später kümmern. Jetzt galt ihre volle Aufmerksamkeit den beiden Menschen.

Diese blickten auf eine Wand schrecklich anzusehenden, zu höhnischen Grimassen verzerrten Gesichter, während die Kreaturen der Dunkelheit den Kreis, den sie um die beiden jungen Menschen gebildet hatten, langsam enger zogen. Michael und Crystal rückten zusammen, klammerten sich Halt suchend aneinander. Aber sie wussten, dass ihnen das nicht helfen würde. Krallenhände schlugen nach ihnen, rückten Zentimeter um Zentimeter an die beiden heran. Nun würden ihnen auch nicht mehr die zwei, drei magischen Amulette helfen können, die noch um Crystals und Michaels Hals baumelten. Das Ende, und zwar ein grässliches, rückte mit geifernden Mäulern und grunzenden Schreien auf Bockshufen und nackten Krallenfüßen näher und näher.

Michael bebte am ganzen Körper, und er spürte, dass es Crystal nicht anders erging. Er schloss verzweifelt seine Augen, wollte die grauenhafte Meute nicht mehr auf sich zukommen sehen.

„Oh Gott", flüsterte er, „Du weißt, ich bete nicht oft zu dir. Aber schließlich sind wir für deine Seite zu Felde gezogen. Wäre es nicht angebracht, uns jetzt dafür ein wenig zur Seite zu stehen?"

Natürlich antwortete ihm niemand, was er im Grunde seines Herzens auch nicht wirklich erwartete. Es war eine verzweifelte Form der Hoffnung, die da aus ihm sprach.

Jetzt musste es gleich so weit sein. Die bösartigen Stimmen, der faulige Gestank aus den fürchterlichen, Schleim tropfenden Mäulern, all das war schon so entsetzlich nah. Nur noch Sekunden trennten sein junges Leben noch vom Tod.

„Jesus Maria!", ertönte da plötzlich so laut eine tiefe Männerstimme, dass Michael erschrocken bis in sein Innerstes zusammen zuckte. „Ich sehe es, aber ich glaube kaum, was ich da sehe!"

Michael Fux riss seine Augen auf, und zwischen den nahen

Leibern der Ausgeburten der Finsternis hindurch sah er im hell erleuchteten Rechteck des Eingangs zwei Männer stehen, die seltsame Tornister auf ihren Rücken trugen. Einer davon war...

„Pater O'Flaherty?"

Überrascht und ungläubig gellte dieser Ausruf des Stuttgarters durch die finstere Kabine.

„Ganz recht, junger Freund", rief der irische Geistliche volltönend. „Hier kommt die Kavallerie des Herrn! Und der leichenblasse Mann neben mir ist der katholische Schiffsgeistliche, den ich mir zur Verstärkung mitgebracht habe, Pater Fredrickson!"

Fauchend wendete sich die finstere Meute von den eng umschlungen auf den Boden knienden Michael und Crystal ab und den beiden Ankömmlingen zu.

„Rasch Pater, verschwinden Sie", schrie Crystal dem Iren eine Warnung zu. „Die werden Sie sonst zerreißen!"

„Was die ohne Zweifel mit Ihnen täten, wenn wir tatsächlich wieder verschwänden!", entgegnete O'Flaherty. „Aber wir sind nicht unbewaffnet her gekommen!"

Er hieb seinem mit entsetztem Gesicht und offenen Mund da stehenden Priesterkollegen aufmunternd auf dessen Schulter.

„Los, Pater Fredrickson! Schnappen Sie nicht wie ein Fisch nach Luft, sondern greifen Sie ihre Sprühdüse, bevor diese...Geschöpfe der Hölle nach Ihnen greifen!"

O'Flaherty hob eine stabförmige Sprühdüse, die zu dem Tornister ähnlichen Gerät auf seinem Rücken gehörte, in die Höhe und richtete sie auf die Schattenwesen, die sich bereits auf die beiden Geistlichen zu stürmten.

„Im Namen des Herrn!", schrie er den Schattennymphen und Satyren entgegen. „Die Macht Gottes, Jesus Christus und des heiligen Geistes bezwingt euch...oder was man in solchen Situationen so sagt. Ich für meinen Teil bin der Meinung: fahrt zurück zur Hölle!"

Mit diesen Worten betätigte er den Abzug der Sprühdüse. Ein feiner Tröpfchennebel schoss unter Druck daraus hervor und hüllte die vorderen Angreifer ein. Sofort ertönte ein Gebrüll und Gekreische, dass sich Michael und Crystal entsetzt die Ohren zuhielten. Der fürchterliche Lärm riss auch endlich den vor Schreck erstarrt wirkenden Schiffsgeistlichen aus seiner Schockstarre, und auch er griff zur Sprühdüse, die er krampfhaft mit seinen Händen umklammert hielt. Gemeinsam deckten die beiden Priester nun die Meute mit dem Nebel aus ihren Rückentornistern ein. Damit erzielten sie eine Wirkung, als hätten sie Säure in den Luftdruckbehältern. Überall, wo der feine Dunst auftrat zischte und brodelte es, warf die dunkelblaue Haut Blasen, bildeten sich schwärende und rasch ausbreitende Stellen in dem schwarzen Fleisch. Die vordersten der finsteren Truppe brachen zusammen, wanden sich in einem wilden Todeskampf am Boden, gaben für die Priester den Weg frei, um die nächste Reihe Finsterwesen mit dem feuchten Sprühnebel einzudecken. Als fünf der neun verbliebenen aus der Truppe der finsteren Brut am Boden lagen, wandten sich die restlichen vier in kopfloser Flucht um. Sie sprangen mitten in das von magischen Kreisen umgebene Pentagramm auf dem Kabinenboden. Viermal gab es einen trockenen Knall, einen schwarzen Blitz – und dann waren die Kreaturen aus dem Reich NEGEM verschwunden. Nur noch verwehender Schwefelgeruch, der in der Luft hing, zeugte davon, dass sie eben noch hier zugegen waren. Dann trat schlagartig Ruhe ein. Der Kampf hatte ein Ende gefunden.

Der Schiffsgeistliche musste sich vornüber an einer der Kabinenwände abstützen, wo er sich schließlich würgend übergab. O'Flaherty aber eilte rasch zu Michael und Crystal, die sich wie benommen eben vom Boden erhoben und kaum glauben konnten, dass sie, gerade noch dem Tode geweiht, immer noch am Leben waren.

„Pater O'Flaherty...wie...wie konnte Sie wissen...", stammelte Michael ungläubig hervor.

„Ich dachte mir, dass Sie vielleicht Hilfe brauchen könnten, junger Mann", antwortete der vollbärtige Ire. „Also rannte ich in meine Kabine, dann zum meinem Priesterkollegen, denn ich eindringlich bekniete, mich zu begleiten. Dann haben wir uns rasch die Desinfektions-Sprühtornister in der Krankenstation besorgt...Ich kann Ihnen sagen, ich habe noch nie so viel Wasser in so kurzer Zeit geweiht!"

Er schenkte den beiden ein breites Grinsen.

„Sie hat der Himmel geschickt!", sagte Crystal, wobei sie dem Mann ein dankbares Lächeln schenkte. „Und in Ihrem Fall kann man das wahrscheinlich sogar wörtlich nehmen! Aber wie haben Sie uns hier unten gefunden?"

„Da war wirklich Glück im Spiel", erwiderte der katholische Geistliche ernst. „Oder sollte ich sagen, eine glückliche Fügung? Meine Kollege und ich hatten kaum die Krankenstation verlassen, als wir zwei dieser weißhaarigen...Individuen bemerkte, die es ziemlich eilig zu haben schienen. Wir folgten den beiden, und als immer mehr zu der Gruppe stießen, so dass es dann insgesamt neun waren, wussten wir, dass etwas im Busch war. Irgendwie hatte ich das Gefühl, die Aufregung und Eile der neun könnte mit Ihnen zusammenhängen."

„Ihr Gefühl hat Sie nicht getrogen!"

Crystals Worte klangen ernst, und sie schaute mit Grausen auf die sich langsam zu schwarzen, schleimigen Pfützen zersetzenden Überreste der NEGEM-Kreaturen hinunter. Ein Schaudern lief ihr über den Rücken.

„Ohne Ihr Eingreifen wären wir jetzt tot", sagte sie dann, ihren Blick wieder auf die Gestalt des irischen Priesters gerichtet. „Wir verdanken Ihnen unser Leben. Wie sollen wir uns nur bei Ihnen dafür erkenntlich zeigen? Bei Ihnen beiden?"

O'Flaherty winkte bescheiden ab.

„Das war meine Pflicht als Christenmensch", meinte er lapidar. „Wir müssen uns doch schließlich um die anderen kümmern. Apropos kümmern..."

Er wandte sich um und schaute in Richtung Rolfhardt, der fast bewegungslos auf dem Boden lag.

„Ihrem Freund scheint es nicht gut zu gehen. Bevor wir hier also über irgendwelche Schuldeinlösungen sprechen, sollten wir uns nicht besser um ihn kümmern?"

„Rolfhardt!", schrien Crystal und Michael unisono auf.

Beide stürzten förmlich auf den weißen Vampir zu, der, mehr tot als lebendig, rücklings auf dem Boden lag. Noch immer kehrte er sein vampirhaftes Ich nach außen, wohl, weil ihm die Kraft fehlte, die Verwandlung zum Aussehen eines normalen Menschen durchzuführen. O'Flaherty, der den beiden gefolgt war, zog erschrocken die Luft ein, als er das Gesichts des Wieners erblickte.

„Das...das ist aber auch kein Mensch wie Sie und ich?", fragte er verunsichert. „Was...wer ist er?"

Michael hob den Kopf und schaute zu O'Flaherty hoch.

„Das ist Rolfhardt Ethelbert Ronan von Schressen", erklärte er, und seiner Stimme haftete echte Besorgnis bei. „Er ist kein...kein normaler Mensch, sondern ein weißer Vampir. Und...er ist unser...er ist mein Freund!"

Der Pater setzte zu einer weiteren Frage an, doch Michael wehrte entschieden mit einer Geste ab.

„Wir können später über alles reden, jetzt geht es erst mal um unseren Freund. Das ist wichtiger!", sagte er energisch und wendete sich sogleich wieder Rolfhardt zu, der, vor ihnen liegend, mehr tot als lebendig wirkte.

Crystal strich ihm die langen Haare aus dem Gesicht.

„Rolfhardt, was ist mit dir?", fragte sie beunruhigt über den Zustand des Mannes.

Der öffnete mühsam seine Augen, und die Lippen seines Mundes bewegten sich kaum merklich, als er angestrengt versuchte, Worte zu bilden.

„B...Bl...Blut", ertönte es mehr geflüstert als gesprochen, und kaum verständlich. „I..ich...b..brau..brauche drin..dringend f..frisches Blut. Karenz...zeit...viel zu weit...überschritt..."

Man sah, wie angestrengt Rolfhardt bemüht war, sich mitzuteilen. Er musste tatsächlich schon schwer geschwächt sein. Crystal und Michael schauten sich einen Moment lang wortlos in die Augen. Dann streiften beide wie auf ein Kommando hin ihre zerschlissenen Jacken vom Oberkörper und streckten ihre jeweiligen Unterarme dem Vampir entgegen. Unendlich langsam schaffte Rolfhardt es, seine beiden Arme zu heben. Als er Michaels Arm ergriff, zuckte dieser kurz zusammen und wandte seinen Kopf ein wenig seitlich, um nicht sehen zu müssen, was gleich geschehen würde. Gleich darauf verspürte er zwei mäßig schmerzhafte Einstiche an seinem Unterarm. Er verzog sein Gesicht, und unwillkürlich beschleunigte sich sein Pulsschlag. Der Deutsche unterdrückte den Impuls, seinen Arm weg zu reißen. Gleich darauf verging der Schmerz und machte einem angenehmem, ja angeregtem Prickeln Platz.

154

Es irritierte ihn ein wenig, denn es fühlte sich sogar ausgesprochen wohltuend an. Michael bedauerte es fast, als Rolfhardt nach nur drei, höchsten vier Minuten seinen Arm los ließ und stattdessen nach dem von Crystal griff. Neugierig betrachtete der einstige Versicherungsmakler seinen Unterarm.

„Die Löcher sehen tatsächlich ein bisschen aus, wie man es in den Vampirfilmen immer sieht", meinte er, halb verblüfft, halb erleichtert, und erhob sich wieder.

Dabei wurde ihm ein wenig schwarz vor Augen, doch Pater O'Flaherty griff dem Stuttgarter hilfreich unter die Arme.

„Nicht so schnell, junger Freund", rief er. „Sonst werden sie noch ohnmächtig! Nach ihrer...ihrer Blutspende benötigen sie einige Momente, bis ihr Kreislauf den Verlust verkraftet hat und wieder 'normal' läuft!"

Michael nickte dem Iren dankbar zu und bemühte sich, tief und gleichmäßig durchzuatmen. Langsam verschwanden die bunten Ringe und Kreise vor seinen Augen, und der Schwindel verging.

„Erst Schattennymphen, dann Satyre – und jetzt auch noch ein Vampir, der auf Seiten des Guten steht!" Pater O'Flaherty stand kopfschüttelnd neben Michael.

„Ich hätte nie gedacht, dass eine Kreuzfahrt in Lage ist, das eigene Leben so tiefgreifend zu verändern, wie es hier geschehen ist. Nun kann ich doch nicht mehr einfach so weitermachen, wie zuvor. Da haben Sie und Ihre Freundin ja was Schönes angerichtet!"

„Man tut, was man kann, Pater", antwortete Michael und schaffte schon wieder ein zaghaftes Lächeln. „So ähnlich ist es mir auch ergangen, nachdem ich aus dem Kerker eines blutgierigen, wirklich bösen Vampirs entkommen bin, einen Ghoul in Brand gesteckt habe und fast von schwarzen Wolfsbestien zerrissen wurde. Da kann man doch hinterher nicht mehr als Versicherungsmakler arbeiten."

O'Flaherty nickte. „Sie haben Recht, junger Mann. Monsterjäger zu sein ist auch viel ungefährlicher!"

Obwohl ihm nicht danach war, musste Michael lachen. Vielleicht trug aber auch der Umstand dazu bei, dass sich Rolfhardt nach seiner und Crystals 'Blutspende' geradezu unheimlich rasch erholte und auch bereits sein Aussehen als normaler Mensch wieder angenommen hatte. Crystal half ihm gerade bei aufstehen. Er kam auf Michael zu, und ehe der wusste, wie ihm geschah, wurde er von dem Mann aus Wien umarmt.

„Danke Michael", hörte er den Vampir leise in sein Ohr flüstern. „Du und Crystal habt keine Sekunde gezögert, mir mit eurem Blut zu helfen, als ich es zum Überleben brauchte. Dafür werde ich euch ewig dankbar sein!"

Rolfhardt löste seine Umarmung, aber nur, um Michaels Kopf zu greifen und ihn innig auf den Mund zu küssen. Als sich die beiden Männer endgültig voneinander lösten, stand der Deutsche nur da und starrte den Vampir mit offenem Mund und weit aufgerissenen Augen überrascht und sprachlos an.

Dieser grinste den jungen Mann nur an, zwinkerte ihm kurz zu und wandte sich dann an den irischen Geistlichen, der neben Michael stand.

„Pater, wir hatten noch nicht das Vergnügen", begrüßte Rolfhardt freundlich O'Flaherty. „Ich wollte mich recht herzlich für unsere Rettung bei Ihnen und Ihrem Kollegen bedanken..."

Er zog O'Flaherty mit sich, zu dem Schiffsgeistlichen hin über, der neben der Eingangstür auf dem Kabinenboden saß und noch damit beschäftigt war, das Erlebte zu verdauen.

„Ihr zwei würdet wirklich ein hübsches Paar abgeben, du und Rolfhardt", meinte Crystal, die neben ihren Freund getreten war und ihm eine Hand auf die Schulter gelegt hatte.

Michael schaute die aparte Frau von der Seite an.

„Sag mal, ist es dein Ernst?", schimpfte er dann los. „Hier brodeln Schleimpfützen von sich zersetzenden Höllenkreaturen zu unseren Füßen, und du denkst an nichts anderes, als mich mit einem Vampir zu verkuppeln?"

„Warum nicht?", sagte die Britin schulterzuckend. „Das sieht doch ein Blinder mit Krückstock, dass er schwer was für dich übrig hat!"

Michael warf einen kurzen Blick zur Decke und hob die Hände in ergebener Geste nach oben.

„Frauen!", rief er aus und schickte einen tiefen Seufzer hinterher. „Sex and the City hat doch Recht, was Frauen angeht!"

Dann wandte er sich um und trottete auf die Kabinentür zu, wo sich Rolfhardt im angeregten Gespräch mit den beiden Geistlichen befand.

Crystal folgte ihm schmunzelnd, und innerlich sehr erleichtert darüber, dass sie noch hier stand und es bereits wieder einen Grund zum Schmunzeln gab.

Dieses Abenteuer hatten sie überstanden. Wenn auch noch gerade so. Die nächste Schwierigkeit würde sein, die Schiffsführung mit dem an Bord Geschehenen zu konfrontieren und Maßnahmen zu ergreifen, damit nachträglich keine Unruhe oder Panik unter den Passagieren ausbrach. Immerhin gab es einige Tote zu beklagen. Und wer wusste schon, was die Kuckucksmenschen noch alles an finsteren Vorgängen auf dem Kreuzfahrtschiff in die Wege geleitet hatten. Außerdem galt es noch, die Spuren der Schattennymphen und Satyre so weit wie möglich zu beseitigen, und vor allem den magischen Kreis zu zerstören. Es würden noch einige schwierige Tage vor dem Jäger-Trio liegen.

Crystal hatte keine Zweifel daran, dass ihre nächste Aufgabe im Kampf gegen das Böse, gegen die Kräfte des NEGEM, nicht lange aus sich warten lassen würde. Doch hier an Bord war der Hauptteil ihrer Arbeit getan. Bald konnten sie erst einmal nach Hause zurückkehren, in die Sicherheit von Blair House. Und darauf freute mit Sicherheit nicht nur sie sich.

Ende

Die Abenteuer von Crystal, Michael und Rolfhardt gehen weiter. Bereits erschienen ist ihr drittes Abenteuer in der Taschenbuchreihe „XUN präsentiert":

Todesangst in der Berrymoore Street

von
A.T. Legrand

Band 01:   Im Bann dunkler Mächte
Band 02:   Kreuzfahrt des Schreckens
Band 03:   Todesangst in der Berrymoore Street
Band 04:   Der Todeskuss der grünen Lady

„Nebelmond ...unter fernen Sonnen"

Eine SciFi-Abenteuerserie von W. Berner

Bisher erschienen:

1. „Unter fremder Sonne"
2. „Flucht durch Aliron"
3. „Der Sklavenmarkt von Togasta"

Als Taschenbuch oder Ebook

„TERRA FUTURA – TESECO im Einsatz"

Eine SciFi-Serie von W. Berner

Bisher erschienene Titel:

1. „Verschollen im Agena-System"
2. „Die Sadir-Katastrophe"
3. „Das Geheimnis der Pflanzenwelt"
4. „Krisenfall VIOLETT"
5. „Testflug zum Deneb"
6. „Die Portalwelt"
7. »Die Kinder der Sterne« (in Arbeit)

Als Ebook in den Formaten
Kindle – Mobipocket – EPUB - PDF